逆井卓馬 Author: TAKUMA SAKAI

[イラスト] 遠坂あさぎ illustrator: ASAGI TOHSAKA

―ぶたのればーはかねつしろ―

the story of a man turned into a pig

豚のレバーは加熱しろ

風はスカートの裾を舞わせて、
しっかりその役目を果たしている。
ちらりと顔を覗かせかける
純白の生地は――
「あの、もう少し近くを歩いてもいいんですよ」
スカートを穿いた美少女の隣、
高さ五〇センチメートルくらいの
ところから彼女を見上げる豚に、
下心などあるはずがなかろうに。

「そうなんですね。
あまりに描写が具体的なものですから、
てっきり、お好きなのかと
思ってしまいました」
少女は笑った。いい子だ……。

美少女にお世話されるなら
こんな転生も悪くない！
ブラッシングの力加減も絶妙だ。
諸君。裸になって
すべてをさらけ出し、
一六の少女に身体を
洗ってもらったことはあるか？

profile

人の心を読み取れるイェスマという種族。豚の妄想垂れ流しな思考も、はにかみながらも受け止めてくれる天使のような少女。とある過酷な宿命を背負わされている。

words

「もう、見境のない豚さんですね」

[NAME]

ジェス

profile

イケメン狩人。世間のイェスマの扱い方に対して強く反発している。どうやらジェスのことが気になる様子。豚としては気が気ではない。

words

「俺が護衛してやる、来い」

[NAME]

ノット

Characters

the story of a man turned into a pig.

profile

旅の途中に出会った、引っ込み思案なイェスマの少女。豚が彼女の脚をじろじろ見つめて妄想にふけっていたところ、中身が人間であることに気付かれてしまう。

words

「あの、ジェスさん、
その豚さんは、お友達ですか？
私の脚を見て色々なことを
考えているようですが……」

[NAME]

セレス

profile

監禁されていた無口なイェスマの少女。豚やノットがついつい目を奪われてしまうほどの巨乳だが、豚曰く、やはりジェスの小ぶりな胸の方が素晴らしいとのこと。

words

「お豚さんの世界では、
胸の小さな女性が好まれる
というのは本当ですか？」

[NAME]

ブレース

[NAME]

豚

profile

元はただの冴えない理系オタク、異世界に転生したらなぜか豚に!? 能力ゼロで旅のお荷物……と思いきや、知恵と機転とガッツでピンチを切り開く！

words

「ブヒブヒッ！
これはもう、ご褒美だ」

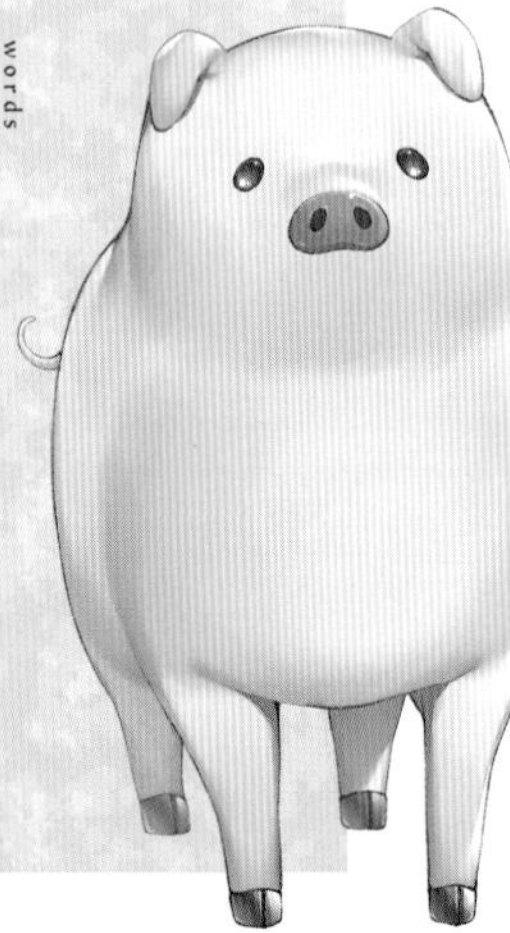

profile

ノットが連れている大型犬。戦闘においてもノットと連携する有能な相棒。オオカミのような風格だが人懐っこく、ジェスの生脚を嗅ぐのが好き。

[NAME]

ロッシ

Heat the pig liver

the story of a man turned into a pig.

豚のレバーは加熱しろ

逆井卓馬

Author: TAKUMA SAKAI

[イラスト] 遠坂あさぎ

illustrator: ASAGI TOHSAKA

Contents

目次

Heat the pig liver

第一章　オタクは美少女に豚扱いされると喜ぶ　011
第二章　イケメンは十中八九ゲス野郎　096
第三章　人の祈りを笑うな　162
第四章　決まりには必ず理由がある　220
第五章　豚のレバーは加熱しろ　286

第一章 オタクは美少女に豚扱いされると喜ぶ

the story of
a man turned into
a pig.

　この物語を通して諸君に伝えたいことは、ただ一つ、豚のレバーは加熱しろということだ。悪いことは言わない、豚レバーを生で食べようとは思うな。

　……それでも生で食べたい？　頑固だな、仕方ない。言っても分からぬ諸君のために、状況をざっと説明しよう。俺は今、薄暗い小屋の地面に泥まみれでうずくまっている。どうして泥まみれなのか。地面が泥だからだ。周りには豚。ここはどうやら豚小屋らしい。

　記憶が正しければ、俺は駅のホームでうずくまっていたはずだ。腹に突然刺すような痛みを感じて、立っていられなくなったのである。その原因には思い当たるところがあった。

　豚のレバーを生で食べた。

　悪い友人に勧められ、胡麻油《ごまあぶら》のタレにつけて生で食べた。プルプルしていて案外いけるな、プリンだプリン、肝臓プリン、なんて考えたのが馬鹿だった。腹を食い千切られるような痛みに、豚のレバーは決して生で食べません、許してくださいああ神様と駅のホームで願ったのであった。

　ここまではいい。ここまでは。

こういうとき、普通は目覚めたら病院にいるはずだよな？　しかし俺は豚小屋にいた。神様は、腹痛だけでは許してくれず、哀れな罪人を豚小屋へ放り込んだらしいのだ。こうなりたくなければ、そう、生のレバーを食べようだなんて思わないことだ。

身体《からだ》は重く、手足は動こうとしない。腹の痛みは消えているようだが、全身に非常な違和感があり、俺はピクリとも動けず、豚たちと一緒に泥の上で寝転んでいる。

目もおかしい。ぼやけた視界は眼鏡がないせいだとしよう。見えているものの情報量がやたら多く、泥と豚、牧草、そして光の差し込む小屋のボロ壁、すべてが一度に目に入る。薄暗くぼやけた世界は、彩《いろど》りさえ俺に渡すことを拒んでいるようだ。土のにおい、糞《ふん》のにおい、牧草のにおい、錆《さび》のにおい。強烈な豚小屋ブレンドの香りが、俺の嗅上皮《きゅうじょうひ》を突き刺してくる。

ごめんなさい。豚のレバーは絶対に加熱して食べます。本当です。本当ですから神様、許してください。この地獄から出してください。そう願った瞬間だった。

パッと、小屋が明るくなった。

周りの豚たちがオタクのようにブグヒッと鳴きながら起き上がる。やめろ、踏まないでくれ。豚たちは俺を少し嗅ぐだけで、そのまま明るい方へと駆けていく。

人間の、女の声が聞こえた。人影が、光の方に現れた。

助かった！

しかし。その女は、俺に目もくれない。どうやら豚たちに餌をやっているようで、泥に転がっている哀れな男子大学生には興味がないようだった。

声を出そうとした。だが喉が言うことを聞かない。というより、変だ——俺の鼻の穴はこんなに——

ある致命的に不都合な真実に気付きかけたとき、女がこちらへやってきた。

「——、————？」

屈《かが》み込《こ》んだ女は、意味不明の音声を発した。

助けてくれ。脈絡がなくて大変申し訳ないんだが、豚小屋で動けなくなっている。

目で訴え、言葉で伝えようとした。そこで俺は、自分の喉から出る音を聞くことになる。

「ンォゴッ！」

ンォゴッ。当方慎《つつ》ましく冴《さ》えない理系オタクをやっているが、こんな言語を使ったことはない。語尾に「ンゴ」とつけたことは何回かあるが、あれはわざとだ。今回は無意識に気色の悪い音を出してしまった輝かしい第一歩ということになろう。盛大に祝ってほしいンゴ。

——まあ大変、豚じゃないんですね！

そうだ、豚小屋にいる生物がすべて豚とは限らない。危なかったな、その判断ミスのせいで、尊い命がまた一つ——

思考を止め、耳を澄ます。今のは、女が喋《しゃべ》ったのか？

——今すぐ小屋から出しますね。待っていてください声は聞こえていない。話の情報が異次元の形式に変換され、頭蓋を通り抜けて直接脳へ送り込まれているようだった。確かなのは、俺に女の考えが分かるということだ。

気付けば女はどこからか木の板のようなものを持ってきて、俺をそこへ転がし、引っ張っていく。ソリのようなものを使っているようだ。

ここで俺はまた、致命的に不都合な真実を悟ることになった。俺の身体《からだ》は、こんなに丸くない。身長一七四センチメートル体重五三キログラム、典型的な痩せ型理系男子だ。女が俺の身体《からだ》を押したときの感触、そして板の上に転がっている今この瞬間の感覚——まるで体育館のマットで簀《す》巻《ま》きにされているような。まるで豚のような。

己の身体《からだ》すら客観的に見ることができる、優秀な研究者の卵である俺は、あっという間に真実を認める。

俺は豚になっている。

なんだ、そうかそうか、俺は豚なのか。するとこれは夢。起きれば病院のベッドに違いない。

一件落着だ。

なるほど、なるほど面白い。どうせ夢なら、俺の脳みそがどこまで優秀か、ひとつ試してやることにしよう。

というのも、色を識別する視物質《しぶっしつ》は、豚には二種類しかない。人間には一般に、赤、緑、青の三種類がある。豚は人間よりも、色を見分ける能力が低いのだ。外に出ていつも通りの景色が見えたら、俺の無意識はそこまで厳密にシチュエーションを定義できなかったということになる。さすがに勝ったかな。いくら俺の無意識でも、俺の意識には勝てないだろう。

迫り来る小屋の出口を、豚は会心の笑みで凝視するっ――！

結果は、負けだった。広がるのは不自然に色あせた世界。奇妙に薄暗い青空の下、漂白剤にさらされたかのようなモスグリーンの草っ原が広がる。しかし朗報だ。俺の脳は、無意識のうちにも豚の色覚を再現していたようだ。この脳の持ち主はきっと、相当優秀なんだろうな。

草の上に転がされ、動けない俺はハムのように横たわる。女が前に来て、どうやら俺の鼻面《はなづら》を正面から見ているようだ。

金髪……？　なのだろうか。豚の感覚に順応できていない俺は、像を結ばない目で女の顔を見つめる。明るい色の髪が、風にそよいでいる。

美少女だったらいいな。汚れた身体《からだ》をブラッシングしてもらえれば最高だ。スカートだといいな。豚の視点なら、いつでも下から覗《のぞ》くことができるに違いない。歳《とし》はいくつぐらいだろうか。ＪＫか？　ＪＫなのか？　そこは優秀な俺の脳、金髪ミニスカ美少女ＪＫを再現してくれることだろう。

――ごめんなさい……あの……

清純派碧眼《へきがん》ＪＫの声に脳内変換された情報が、女の戸惑いを伝えた。

慣れない奇妙な感覚のせいか、猛烈な眠気の波に襲われる。

これからどんな試練が待ち受けているかも知らずに、俺は眠りに落ちてしまった。


目覚めると、ベッドで丸くなっていた。

おかしな夢を、徐々に思い出す。俺は豚になっていて、欧風美少女ＪＫに豚小屋から救い出された。豚のレバーを生で食ったら、豚になる夢を見るらしい。

ん？

見慣れないベッドにいる。レースで飾られた天蓋付き。落ち着いた色の花柄。

色覚は回復したようだ。俺は人間に戻ったのだろうか。だが問題もありそうだ。ここは明らかに、病院ではない。

身体《からだ》を起こそうとするが、肩の様子がおかしい。どうして腕が横に広がらない？　骨折したのか……？

「お目覚めになりましたか？」

首を巡らせて声の方を向くと、少女が一人立っていた。

「あの……お具合の方はいかがでしょうか」

さらさらとした金髪が、肩まで伸びている。白のブラウスに紺のスカートを合わせた、線の細い少女だった。歳《とし》は一六、七だろうか。顔立ちは欧風だが、鼻はちょこんと小さく、和の雰囲気もどことなく感じる。黒ずんだ銀の太い首輪が、一つだけ異様な雰囲気を放っている。

痛みや気持ち悪さはないが、どうも身体《からだ》が動かしにくい。一体ここはどこなんですか？――

と言おうとしたが、

「フンゴァ！」

とオタク音が出てしまう。

「あっ……無理に喋《しゃべ》らなくても大丈夫です。私には、その……分かりますから」

ん？　……まだ人間に戻れていないのか？　これは夢の続きか？

混乱する俺に、少女は困ったように笑いかける。

「ごめんなさい……手は尽くしたのですが、あなたを人の姿に戻すことは叶《かな》いませんでした」

もう分からん。とりあえず起きて、状況を確認したい。

身体《からだ》を起こそうと寝返りを打つと、次の瞬間、俺は四足で立っていた。自然と足が進み、ベッドの縁からひょいと飛び降りる。

すぐそばに、銀縁の姿見があった。急いでテコテコそちらへ向かう。

鏡の向こうから見返しているのは、やたら清潔な一匹の豚だった。丸めた布団《ふとん》くらいの大きさだろうか。美味《おい》しそうに太った肉体は薄いピンクの毛並みに覆われ、真っ黒な瞳がウルウルとこちらを見つめ返している。湿ったピンクの鼻が、俺の呼吸に合わせてヒクヒクと動く。

俺が右手を上げると、豚は右の前脚を上げた。俺が首を傾《かし》げると、豚も同時に首を傾《かし》げた。

豚と見つめ合う。俺は豚だった。

え、なにこれ。

むしろ冷静になって、俺はゆっくり少女の方へ向き直る。

どうして俺は豚なんだ？　状況を説明してほしい。

無言のはずの俺に、少女は返答する。

「どうしてあなたが豚さんになっているのかは……ごめんなさい、私にも分かりません。私の管理する豚さんの飼育小屋に、あなたが迷い込んでいたんです」

なるほど。しかしそれならこの少女、どうして見た目が完全な豚であるところの俺が（元）人間だと判別できたんだ？　……思い出そうとするも、少女の声が遮った。

「これ、見えませんでしたか？」

少女は少し恥ずかしそうに、髪をかき上げ、首輪を見せてきた。

何かのレリーフが施された、厳《いか》めしい銀の首輪。長い間つけているのか全体的に黒ずんでおり、おとなしい印象の少女には似合わない。

「似合いませんか……やっぱり」

ここにきて、確信をもった。この美少女は、俺の心を読んでいる。

「あの……私、イエスマです。申し遅れましたね、キルトリン家に仕えております、イェスマのジェスと申します」

はあ。よく分からないが……僕は豚です、よろしくお願いします。

「あの、豚さんは、どちらのご出身ですか？」

戸惑いの響きを含ませながら、少女は訊《き》いてきた。

I am from Tokyo, Japan. Nice to meet you, Jess!

「えっと……トキヨ……ごめんなさい、不勉強でして、国の外のことは分からないんです。でも、イエスマをご存じないということは、メステリアの方ではないようですね」

たぶんそうだとおもいます。

いや、そもそもメステリアって何だ？　ここはどこだ？　テコテコ歩き、窓を探す。そばにあるのだが、豚の目の高さでは外が見えない。

と、少女――ジェスが、窓辺に大きめの椅子を持ってきてくれた。ありがたくそこへ上り、外を見る。

草原。その向こうには、ポツリポツリと漆喰《しっくい》塗り赤瓦の屋敷。遠くにはうっすらと雪に白んだ岩がちな山々。南ヨーロッパの避暑地のような長閑《のどか》な風景が、見渡す限り広がっていた。

「ご説明しますと……メステリアとは、一続きになったこの土地のすべてを指す言葉です。偉大なる王がその全域を支配されています。ここはそのメステリアの南、キルトリの郊外にある場所です。キルトリを治めるキルトリン家の、お屋敷です」

なるほど……？　それで、イエスマというのは……？

「あ、そうですね、イエスマというのは……小間使いの種族です。銀の首輪をつけているのが特徴で……何て言えばいいんでしょう、口や耳に頼らず、心を通わせることができるんですよ。私はここ、キルトリン家にお仕えするイエスマです」

口や耳に頼らず、心を通わせる――どうりで、地の文に書いた疑問すべてに答えてくれるわけだ。

少女は俺と並んで外を見ていたが、ふと俺を見た。

「あの……何か召し上がらなくて大丈夫ですか？　お口に合うか分かりませんが、果物ならベッドサイドにご用意いたしました」

見ると、質素な木のテーブルの上に色とりどりのフルーツが置かれていた。

うん……あんまり腹は減っていない。今はむしろ、なぜか無性にナデナデされたい。

少女の手が俺の――豚の頭を撫《な》で始《はじ》めた。思わず尻尾を振ってしまう。

願っただけで、望むものが手に入る。

ようやく理解した。俺の夢は、異世界ファンタジーの章へと場面を転じたのである。主人公は豚、ヒロインは心を読む能力者。見知らぬ国へと転生した男は、人間に戻るため、剣と魔法の世界で奮闘するっ！

――――？

ん？　待てよ。待て待て、まあ落ち着け諸君。イチャラブファンタジーを始める前に、一つ確認しておきたい。このジェスという少女は心を読めるんだよな？　だから豚小屋で、俺が豚じゃなくて人間だと気付いたわけだ。ここまではいいな。ここまでは。

　じゃあもし、もしここで俺がその清らかな肌を見て「ブヒブヒ！　襲いたいブヒ！　豚の唾液でベトベトにしたいブヒ！」などと思った場合、彼女にはそれが分かってしまうのだろうか？

　少女の手が、ふと撫《な》でるのをやめた。

「……ええ、まあ、そういうことになります」

まずい！　それでは俺の豚のような欲望が垂れ流しではないか！

　ジェスは申し訳なさそうな顔になる。

「あの……ブラッシングをお望みのようでしたから、寝ていらっしゃる間に、お身体《からだ》をきれい
にしました。服装も……持ち合わせがございましたので、丈が短かめのスカートに着替えまし
た。ごめんなさい、勝手にお考えを探ってしまって……外国の方でしたら、大変ご不快に思わ
れたかもしれません。本当に、申し訳ありませんでした」

　むしろ謝られてしまった。そこで思う。この少女、あまりに優しすぎないだろうか。椅子。

食べ物。ナデナデ。俺が裸を見たいと思ったら、服まで脱ぎそうな勢いである。

　少女は恥ずかしげに、胸の前で手を合わせる。

「貧相で見応えもないと思いますけど……もしお望みならば」

ちょっ。

慌てて椅子から下り、少し離れて少女と対面する。豚と差し向かうのはさぞかし奇妙な気分だろう。

「いえ、そんなことは……」

三つほど言いたい。聞きたまえ、少女よ。

「はい……」

まず一つ目。服の上からでも分かるが、君のそれは決して貧相なんかじゃない。むしろオタクにはそれくらいの大きさを好む人種も多いから、安心してほしい。

「えっと……ありがとうございます……？」

次に二つ目。

〈こうやって括弧をつける部分以外、俺の思考は知らなかったことにしてくれ〉

「括弧……ですか」

〈そう。君に伝えたいことは基本、こうやって括弧でくくって思考することにする。それ以外の考えは、もし読めてしまっても、聞かなかったことにしてほしいんだ〉

そうでもしないと、会話の節々にゲスい発言をはさむセクハラオヤジのようになってしまうからな。

「別に私は……気にしませんが」

〈今の部分は地の文だから、返事をしないでいいんだよ〉

「あ、そうでしたね！　すみません……」

少女は口に手を当てて、急いで謝った。イヤイヤ、オジサンの方こそ、ごめんネ>_<;

静謐《せいひつ》な部屋の中で、金髪美少女と向き合う一匹の豚。今日の夕食はシュヴァイネハクセに違いない。

〈じゃあ最後、三つ目だ。豚の分際で偉そうなことを言うが、いいかな〉

「えっと……大丈夫です」

〈君が俺にしてくれたことは、どれも気が利《き》いていて素晴らしかった。清潔にしてくれてとても嬉《うれ》しいし、そのスカートはよく似合っていて、裾の丈も申し分ない。何とは言わないが、清純な感じの白い薄布は君らしくて最高だと思う。もうバレてしまっているようだから白状すると、俺は豚になって真っ先に、金髪ミニスカ美少女にブラッシングされたいと考えた。君は俺の考えうる最高のおもてなしをしてくれたわけだ〉

ＪＫという概念は、この世界にはなさそうだしな。

「じぇ……いえ、光栄です」

〈うん。そう、君は素晴らしい。でもね、俺の望んだことをことごとく叶《かな》えてくれるようじゃ、なんというか、その、リアリティがない。君は、俺の欲望を満たす妖精さんではないだろ？　俺が何を欲《ほっ》しようが、君にはそれに応える筋合いがない〉

「ですが……私にできることなら、して差し上げたいのです」

　分かってもらえないかあ。尻尾がしゅんと垂れ下がってしまう。

〈じゃあはっきり言おうかな〉

　少女は窓枠に左手をかけ、右手を握ってその胸に当てた。そんなふうにされると言いづらい——が、これは俺自身の夢への注文なのだ。

　賢明な諸君なら分かってくれるだろうか。優しい妹が毎日献身的に作ってくれるお弁当と、普段は豚扱いしてくる妹が、昨日は宿題手伝ってくれてありがとう……今回は特別なんだからねっ！　と言って作ってくれるお弁当、どちらがおいしいか！　いや、どちらも美味《おい》しいに違いないが、俺は絶対に後者がいい！　異論は認めない！

……というのをまともふうに翻訳して、頭の中で括弧を打つ。

〈個人的な趣味で非常に申し訳ないんだが、俺は一方的な優しさを受けたくないんだ。豚には君の恩に報いる能力がほとんどない。君が優しくしてくれればくれるほど、俺の方にばかり借りが溜《た》まっていってしまう。そういうのはなんというか、気分がよくない。本当に俺のためを思ってくれるなら、俺がお願いしたことだけに応えてくれると嬉《うれ》しいな。その分に関しては、俺も豚なりに精一杯恩返しをする。気を遣いすぎないでほしいんだ。君は俺の、召使いじゃないんだから〉

　オタク特有の早口に、少女は困ったような顔をする。

「……それでいいんですか？」

〈そうだよ。むしろ、普段は豚のように扱われていながらも、本当に困っているときだけ手を差し伸べてもらった方が萌《も》えるんだ〉

裸もここぞというときまでとっておいてほしいかな。

「あ……見たくないわけじゃないんですね」

あの、そこは地の文です。

お疲れでなければ外に出てみませんか、という誘いに乗って、俺は少女と散歩に出た。俺が寝かされていたのは三階。石の階段を下りて、一階から裏庭へ出る。階段は、二階で調理場と、一階で薄暗い倉庫と繋《つな》がっていた。

「今いるのは、私がお仕えするキルトリン家のお屋敷の、南の端にあたるところです。私は普段、このあたりで生活しているんですよ。そして、あっちが農場です」

隣を歩く豚に、少女は優しく喋《しゃべ》りかける。広大な草地を歩いて、石造りの小屋がいくつか並んでいる場所へ向かう。今は昼過ぎのようで、青い空から熱い日差しが背中に注ぎ、爽やかな風が心地よい。風はスカートの裾を舞わせて、しっかりその役目を果たしている。紺色の生地を透過した太陽光と牧草の緑が跳ね返す反射光とが交錯する仄《ほの》かなきらめきの中で、ちらりと顔を覗《のぞ》かせかける純白の生地は——

「あの、もう少し近くを歩いてもいいんですよ」

〈大丈夫、今のは単なる情景描写で、別に下心があるわけじゃない〉

スカートを穿《は》いた美少女の隣、高さ五〇センチメートルくらいのところから彼女を見上げる豚に、下心などあるはずがなかろうに。

「そうなんですね。あまりに描写が具体的なものですから、てっきり、お好きなのかと思ってしまいました」

少女は笑った。いい子だ……

〈あの……君に訊《き》きたいことがあるんだけど、いくつかいいかな〉

俺が言うと、少女はこちらを見る。

「いいですよ。それと、私の名前はジェスです。ジェスって呼んでくださいね」

ブヒッ。ジェスたそ～！

〈分かった。よろしくな、ジェス〉

「よろしくお願いしますね、豚さん」

ブヒブヒッ！　これはもう、ご褒美《ほうび》だ。諸君は金髪美少女を呼び捨てにして、その美少女から豚呼ばわりされたことはあるか？　ないだろうな、かわいそうに。

いやしかし、こういった独白までことごとく聞かれているとなると、むしろどうでもよくなってくるな。豚になった人間が、「よろしくな、ジェス」なんてカッコつけて言いながら、裏ではブヒブヒ鳴いているのだ。なんと逆説的なことか！　ジェスたそよ、これが男だ！　刮目《かつもく》せよ！

〈……聞こえなかったことにしてくれ〉

「ええ、そろそろ心得てきました」

〈よかった。じゃあ、いろいろ話を聞かせてくれるかな〉

「はい。何なりと」

〈何から訊《き》こう……じゃあまず一つ目。この国では、人が豚になることはよくあるのか？〉

ジェスは少し真剣な顔になる。

「私の見聞が広いわけではありませんが……そのような例は、あまりないと思います。形態が獣っぽく変化する種族はありますし、完全な獣になることも、歴史上の話でしたらいくつか聞いたことがあるんですが」

〈歴史上に、人が豚になった話があるのか？〉

「いえ……豚ではないです。でも、一〇〇年以上前の暗黒時代、魔法使いたちがまだ戦っていた時代には、魔法使いがその力を使って、人をハゲワシに変えてスパイさせたり、太ったアザラシに変えて懲罰を加えたりしたと言われています」

魔法使い、変身……ジェスの真面目な口調とは対照的な大それた話を聞いて、ああ、本当にファンタジーの世界観なんだな、と実感する。いやしかし、ハゲワシだとかアザラシだとか、変身させる動物のチョイスがずいぶんとマニアックだな。きっと豚に変身して美少女に自分を踏ませた偉大な魔法使いもいたことだろう。

〈魔法使いというのは、今はもういないのか？〉

「いえ、いらっしゃいます。でも暗黒時代に数が激減し、メステリアでは偉大な王様の家系だけが、暗黒時代を勝ち抜いた、現存する唯一の魔法使いの血筋であると言われています」

〈そうすると、俺を元の姿に戻す手段っていうのは……〉

「大変申し訳ないのですが、王都にはるばる伺って、王様に会いに行くしかないと思います」

絶句した。いや、豚の分際で口から音は出さないことに決めていたが、それでも何と言えばいいか分からなかった。一国の王に面会して、「ブヒッ。ブヒブヒブーヒブヒンゴ！（人間に戻していただけませんか）」とお願いするしかないというのか。

「あの」

ジェスは立ち止まり、しゃがんで俺と目線を合わせた。少し開いた膝の間に――

「私、ご一緒しますよ」

その顔は、美しく純粋な笑顔だった。しかし……

〈おいおい、ジェスにはジェスの生活があるだろう〉

俺が伝えると、ジェスは首を振る。

「実は私、しばらくの間お暇《いとま》をいただいて、王都へ行く予定なんです」

なんと。王にしか治せない状態となった俺が現れたときに、ジェスは王都へ行く予定になっていたのか。下手なプロットのように都合のいい話である。俺の夢よ、しっかりしてくれ。

ジェスは困ったような顔で口を笑わせた。

「……運命、かもしれませんね」

ブヒ。それを美少女に言わせるためだったのなら許そう。むしろ許してくれ、我が無意識よ。

〈運命かどうかはさておき、王都に行って、何をする予定なんだ？　豚を連れて行っても平気なんだろうな〉

「大丈夫だと思います。ちょっとした……おつかいみたいなものですから」

〈王都にか？〉

「はい。キルトリを治める豪族キルトリン家の小間使いとして、仕事で王都へ参上することになっています」

〈豚を連れて行ったりして、家名に泥を塗ることはないか？〉

「王様は偉大で寛大だと聞きます。事情を知れば、きっと力になってくださるはずですよ」

概《おおむ》ねどこの王国でも、王は偉大で寛大だと言われると思うが。

〈それなら、ぜひ連れて行ってくれ！〉

「はい！」

ジェスはなぜか嬉《うれ》しそうに笑う。絵になりそうな景色だった。眼福。

いやまあ、たとえ相手が豚であっても、スカートならばしゃがみ方には気を付けるべきだと思うが……。

ジェスは俺の視線に気付き、顔を赤くした。

「申し訳ありません！　つまらないものをお見せしました……」

ふむ。そう思うなら、今度はもっと面白いものを見せてほしいものだ。


俺たちは、動物が飼われている農場まで来た。放し飼いの鶏が悠々と歩いているので、突進するふりをして脅かす。鶏は不条理な豚の攻撃に慌てて逃げていった。

チキンめ。

「あんまりいじめてあげないでくださいね。一応、彼女たちの卵はキルトリン家の食卓に上るものなので……」

ジェスにたしなめられ、獣心に帰って遊んでしまった俺は反省する。

〈すまない、つい豚の習性で……〉

適当なことを言う俺に、ジェスは微笑《ほほえ》んだ。

「次やったら、私が豚さんをいじめちゃいますよ」

ブヒッ。この少女、オタクのツボを完全に把握している。

豚小屋に着いた。ジェスが戸を開けると、ブヒブヒと奴《やつ》らがやってくる。

豚目線で、豚たちと顔を合わせる。向こうも向こうで、俺を好奇の目で見ているようだ。

「少し待っていてくださいね。豚さんを見つけてからというもの、こちらのお世話をする時間がありませんでしたので……」

そう言ってジェスは、鍵を使って豚小屋に付いている金属製の小さな箱を開ける。続いてカバンから何やら黄色がかった水晶のようなものを取り出し、その箱に入れた。

小屋の中が、パッと明るくなる。

豚たちに紛れて小屋へ入ると、長い鎖で壁に繋《つな》がれた箒《ほうき》やらフォークやらがひとりでに動き始めるのが見えた。水桶《みずおけ》に、きれいな水がザーザーと流れ込む。

天井を見る。ランタンがいくつも並び、暖かい光を放っていた。炎のようには揺らいでおらず、電球のように一定の明るさを保っている。

〈ジェス。この、道具が動いたりランタンが光ったりというのは、いったいどういう仕組みなんだ?〉

何やら穀物の入った袋を持ったジェスが、こちらへやってくる。

「この農場では、リスタを使って動物さんたちの管理をしているんです。私一人では、到底面倒を見切れませんから」

〈リスタ？〉

「あ、すみません……外国の方ですから、リスタだってご存じないですよね。リスタとは、こういう石のことです」

大切そうに取り出したのは、小石ほどの大きさの、色とりどりの小さな結晶。すべて、六角柱に近い、同じ形をしている。

「リスタは、偉大なる魔法使いが日々生産してくださり、私たち国民のために流通させているものです。魔法の力が蓄えられていて、私たちはそれをいろいろな形で使うことができるんですよ。赤色のリスタは熱や炎の魔法を、黄色のリスタは運動や光の魔法を、というように」

魔法の電池みたいなものか。こちらの文明は、俺のいた文明とはずいぶんと違う形で発展しているようだ。

〈リスタの色は、何種類くらいあるんだ？〉

「たまに特殊なものもありますが、主に五種類——赤、黄、緑、青、そして黒です」

〈黒？　闇属性の魔法でも使うのか？〉

冗談めかして訊《き》くと、ジェスはなぜか気まずそうに声を落とす。

「いえ、黒は祈禱用《きとうよう》です。黒のリスタを使って祈禱《きとう》すれば、魔法使いしかなしえないような奇跡を起こすことができます。使っている方は少なく、あまり流通していないのですが……」

〈どうして使う人が少ないんだ？〉

「えっと……黒のリスタだけは、イェスマにしか扱うことができないからです。キルトリン家では、主に病気や怪我《けが》を癒やすために使っていますが……その効果はイェスマの祈りの強さにもよりますので、なかなか一般の方の思うように働かないことも多いみたいですね」

そうなのか。チート過ぎてナーフがかかっているアイテムということかな。

「あの、豚さん。このお仕事は、もうすぐ済みます。ちょっと、その……豚らしく、遊んでいてください」

ブヒ。慣れない様子で俺を豚扱いしようとしてくれるそのサービス精神に、感激！

ジェスは小屋を回って、慣れた手つきで箱を開錠し、そこにリスタを入れてまた鍵を閉めた。リスタが箱に入ると、その小屋の中では農具が自動的に動いて、掃除や餌やりをしていく。面白い。俺はしばらくジェスの後について回り、自動化された小屋の管理を眺めていた。

「自動のお世話が終わるまで、しばらく時間がかかります。その間、お買い物に付き合っていただけますか？」

〈もちろんだ。荷物持ちでも何でも、手伝うよ〉

ジェスは微笑《ほほえ》んだ。

「それでは、しばらく待っていてください。お金を取ってきます」

そう言って、さっきまでいた部屋の方へ走っていった。

リスタか、面白い。

俺はジェスに連れられ、街へ出た。石畳の道を、アルプスの民のような服装をした人々が行き交う。馬のいななきや犬の鳴く声、カスタネットのような蹄《ひづめ》の軽快な音が響き渡る。豚を連れ歩いて大丈夫かという疑念は、とっくに解消していた。そこらじゅう、獣だらけだ。異世界とはいえ奇天烈《きてれつ》なモンスターなどはおらず、動物はどれも俺の知っているものだった。

中世ヨーロッパを舞台にした映画のセットに迷い込んだようで、とにかく目が楽しい。迷わないように、あくまで迷わないように、ジェスの横をぴったりついて歩く。

ジェスは大きく紋章が刺繍《ししゅう》されたコルセットを着用していた。

〈そのコルセットは、防犯用か？〉

冗談めかして訊《き》くと、ジェスはにっこりと頷《うなず》いた。

「はい。キルトリン家の紋章があれば、誰も私を襲おうだなんて思いませんから」

はたしてどれだけの権力が、キルトリン家にあるのだろう。

〈誰かに襲われる心配があるのか〉

「いえ、普通はありませんけれども……今日は、ちょっと」

意味深に言葉を切り、ジェスは歩き続ける。

〈今日は何を買う予定なんだ？〉

「えっと……色々です」

何だか歯切れが悪くなってきたな、と思いながら、ジェスに従って歩き続ける。

昼時なのか、テラスで食事をする人々が目立つ。明るい路地は活気で溢《あふ》れていた。

「おーいジェス、そろそろ買い時じゃないか？」

そう声をかけてきたのは、ひときわ大きい石造りの店にいる、がたいのいいおっちゃんだった。薄い金髪をオールバックにして口髭《くちひげ》を蓄えた、気のよさそうな四〇ほどの男である。大層な銃を持った若者数人を侍《はべ》らせながら、リスタの入ったショーケースを広げている。

「こんにちは！　また今度、お願いしますね」

そう言って、ジェスは歩き続ける。

〈今のはリスタを売っている店か？〉

「はい」

〈やたら重装備なんだな〉

「リスタはとても高価ですから」

なるほど、だから小屋でも、リスタを入れる箱に鍵をかけていたんだな。

歩き続け、ジェスは怪しい裏路地に入っていた。狭く曲がりくねった道は、両側を壁に挟まれて薄暗い。明るく往来の多い表通りとは対照的に、こちらは闇市といった雰囲気で、目つきの悪い男たちが小さな露店を開いている。すえたにおいが漂う、明らかに不穏な場所だった。

〈ジェス、ここは安全な場所なのか？〉

――このコルセットがあれば、大丈夫です

声には出さず、ジェスはテレパシーで伝えてきた。

きょろきょろとあたりを見回しながら、ジェスは暗い裏路地を進んでいく。

〈まさか、ここで何か買うんじゃないだろうな〉

――色々と事情がありまして……お願いです、近くにいてください

ジェスは胸の前で、右手の拳を握りしめている。

「イェスマのお嬢ちゃん」

やせ細った、左目に刀傷のある男が、声をかけてくる。

「ひょっとすると、これがご入用かね？」

その手にあるのは、黒のリスタ。あろうことかジェスは、その男の方を見て小さく頷《うなず》いた。

刀傷の男は、こちらを安心させようとしているのか、いびつに笑った顔をつくる。

「内緒の買い物かい？　黒のリスタ、三つで四〇〇ゴルトだ」

「え、そんなお値段で……」

「おや、初めてのようで。どうだい、願いを叶《かな》えるならこれで十分だ。他ではこんな値段じゃ

買えない。お得だよ」

「でもごめんなさい、私、四〇〇も持っていないんです。一つで大丈夫です。一つだったら、おいくらでしょうか」

意外そうな顔をする男。刀傷がない方の目を細めて、ジェスのコルセットを凝視する。

その瞬間、男の顔がわずかに強張《こわば》ったのを、俺は見逃さなかった。

「一つなら、一五〇ゴルトだよ、お嬢ちゃん」

「そうですか、一五〇なら……」

男は口だけ奇妙に笑わせながら、黙ってジェスを見ている。

いや待て。おかしいぞ。何がおかしいか、諸君には分かるだろうか。四〇〇を三で割ったら一三三．三三…だとか、そういうことを言っているんじゃない。

男はジェスを見て、「イェスマのお嬢ちゃん」と呼びかけながら黒のリスタを見せた。「内緒の買い物か？」と言っていたことから、ここは一般的に「イェスマが黒のリスタを内緒で買いに来る場所」のはずだ。さて、ここで疑問が一つ。

リスタはとても高価なもの、とジェスに説明された。そんなリスタを、そもそも男はなぜ三つもまとめて売ろうとしたのだろうか？　ましで、こっそり買いに来る少女にだ。事実、ジェスは一つでいいと言った。三つも買う必要はないようである。こっそり買うのに、高価なものを三つもまとめ買いすることがあるだろうか？　ジェスが金持ちの家に仕えているから？　いや、男はコルセットを凝視するまでそれに気付いていなかった様子だ。そうすると……

〈ジェス、一日話がしたい。来るんだ〉

——え？

俺はブヒッと鳴いて、裏路地を突っ走った。

「ごめんなさい、また来ます！」

後ろからジェスの声がする。俺は走り続けて裏路地を抜け、開けた草原に出た。

ハアハア言いながら、ジェスが俺に追いついた。

「あの……いったいどうしたんでしょう」

〈なあジェス。ここに買い物に来るのは、初めてだよな？〉

「ええ、初めてです」

〈黒のリスタが必要になったんだよな。黒のリスタは、イエスマ専用で、祈禱《きとう》に使うと言っていた。一つ教えてほしいんだが、一回の祈禱《きとう》には、リスタがいくつ必要なんだ？〉

息を整えながら、ジェスは真面目に答えてくれる。

「一つです。十分な魔力が詰まっていますから、リスタを一つ使って叶《かな》わないような願いは、リスタをいくつ使っても叶《かな》いません」

そうか。

〈願いを叶《かな》えて、魔力が余ることはあるのか？〉

「ええ、たいていは余りますね」

　結論は出た。

〈ジェス、あの男からリスタを買っちゃいけない〉

「え……どうしてですか？」

〈考えたんだ。あの男は、最初三つもまとめてリスタを売ろうとしただろう？　こっそり買い物をしに来たイェスマの少女に、高価なリスタを、だ〉

「ええ、そうですが……」

〈黒のリスタ、一つで十分願いが叶《かな》うって言ったよな。でもそれは、ジェスがちゃんとしたリスタを使っているからじゃないか？〉

「え？」

〈あの男が言った言葉を憶《おぼ》えてるか。『三つで四〇〇ゴルト、願いを叶《かな》えるならこれで十分だ』って〉

「ええ。確かに三つもあれば、いくつも願いが叶《かな》います」

〈そう好意的に解釈しちゃダメだ。あれは、三つあれば一つの願いが叶《かな》うかもしれない、ということだったんだ。あのリスタは全部、使いかけ、残りカスなんだよ〉

「え……？　そうなんですか？」

〈考えてみろ。貧しいイェスマ、しかも黒のリスタをこっそり手に入れたいイェスマは、普通

表通りにあるような店で黒のリスタを買うことはないんじゃないか〉

「そうだと思います。そもそもリスタの管理をイェスマに任せているのは、この街ではキルトリン家くらいですし」

〈そうすると、大半のイェスマは、黒のリスタに本来どれくらいの魔力が宿っているのか知らないはずだ。三つでようやく願いが叶《かな》う程度だと思っているかもしれない〉

「確かに……」

〈そうやっていつも三つセットで売っていたから、ジェスにも最初、三つで売ろうとしたんだ。証拠は、ジェスが一つでいいと言ったときのあいつの顔だ。意外そうな顔をして、コルセットの紋章を見ようとした。そして見たときに、まずいって感じの顔をしていた〉

「そういえばあのとき、まずいと思われていたのを私も感じ取っていました……すぐに取り繕われましたが」

〈だろうな。黒のリスタの正規品を使ったことがあるイェスマを相手にしてしまったと気付いたからだ。中古品を売って儲《もう》けているのが領主にバレてしまう危機だったんだよ〉

「そういうことだったんですね……どうりでやたら安いと思ったんです」

〈普通なら、一ついくらなんだ？〉

「私がいつも買っているお店では、一つ六〇〇ゴルトです」

いやお前、その時点でおかしいと気付けよ……

「ごめんなさい、せっかく声をかけてくださった方を疑うのは申し訳なくて」

〈あ、いや、今のは括弧なしの独白だ。無視してくれ〉

「あ、そうでしたね、すみません……」

人気のない農道を、爽やかな風が吹き抜ける。ジェスがお人好《ひとよ》しだというのは知っていたが、ここまでだとは思っていなかった。守る人間がいなかったら、瞬《また》く間《ま》に搾取《さくしゅ》されてしまうだろう。それとも、現在進行形で搾取《さくしゅ》されているのだろうか。小間使いの種族イェスマというのは、ひょっとすると……

いや、まさかな。

「あの、豚さん、ありがとうございました」

〈気にするな〉

「豚さんがいなかったら、私、有り金はたいて中古品をつかまされるところだったんですね」

〈そうだな。お得だとか言ってくる奴《やつ》がいたら、気を付けなきゃいけない。そいつらの目的はジェスに得をさせることじゃなくて、自分が儲《もう》けることなんだからな〉

「勉強になりました」

ジェスはしゃがんで俺の頭を撫《な》でる。よきかなよきかな。

と、そこで根本的な疑問が浮かんでくる。そしてちょっとだけ、答えが分かるような気がするのが嫌だった。気持ちが悪い。訊《き》いてしまおう。

〈……ところで、一つ訊《き》いていいか〉

「ええ、何なりと」

〈そもそもどうして、ジェスは黒のリスタをこっそり買おうとしたんだ？〉

ジェスは撫《な》でる手を止め、俺の目を見た。

「あの……秘密ってことじゃ、ダメですか？」

イエスマでなくたって、ジェスの考えていることは分かる。

〈不思議だったんだ。豚小屋にいたとき、俺はジェスの言葉も分からなかったし、視界もおかしかったし、歩くことすらままならなかった。豚の身体《からだ》に順応できていなかったんだ。だが今はどうだ。こうしてジェスの言っていることを理解しているし、視界も正常、しっかり四足で歩いている。まるで奇跡だ。手を尽くしたと言っていたが、どうやったんだろうな、って〉

「ごめんなさい、お気に障《さわ》りましたら……」

〈気に障《さわ》りはしないさ。俺にそんな筋合いはない。でも確認させてくれ。ジェスは、俺をこっそり治すために、キルトリン家の黒いリスタに手を付けたんだよな〉

「……そうです」

〈だから自分の金で、それを補充しなければならなかった〉

「はい……お屋敷の昇降機を勝手に使って、叱られたばかりだったんです。昇降機はリスタを食いますから。だから『勝手に使ってしまいました』では済まなくて……でも私の手元には、正規品のリスタを買えるほどのお金がもう残っていなくて……」

また一つ謎が解ける。

〈昇降機って……要するに、家の中を上下して高いところに物を運ぶ装置だよな〉

俺のひらめきに気付いたらしく、ジェスは下を向く。

「ごめんなさい……私、勝手に……」

ジェスを追い詰めてしまうだろうから、追及はしない。しかし豚小屋で倒れていた俺をジェスがどうやって三階まで運んだのか、気になってはいたのだ。ジェスの身体《からだ》では、デカい豚一頭を持ち上げて運ぶことはできない。俺をベッドに寝かせるために、どうしたか。昇降機を勝手に使って、寝ている俺を三階まで移動させたのだ。

そして、叱られた。

〈ありがとうな、ジェス〉

俺を見るジェスは、涙目だった。優しい少女だ、と思った。優しすぎて、優しすぎて、とても豚の俺には返せないほどの恩を、俺は受けてしまったのだ。

豚足では頭を撫《な》でることもできず、俺はただ、少女の涙を見つめていた。

どうして泣くんだ。俺のためによからぬことをして、それが俺に申し訳ないとでもいうのだろうか。馬鹿馬鹿しい。

〈あのな、ジェス。豚小屋で目が覚めてから今この瞬間まで、俺はお前の行いに一点の曇りも見出《みいだ》せなかった。お前は健気《けなげ》で、心優しくて、純粋だ。お前が間違いを犯したとすれば、それは豚になった人間なんていう面倒の塊に関わってしまったことぐらいだ〉

「面倒だなんてそんな……」

ジェスは俺をまっすぐに見つめる。きれいな茶色の瞳。

〈ジェスは何も間違っちゃいない。俺は嫌な思いをしていない。だから、お前が泣くことはないんだ。俺のためにも、そんな悲しい顔を見せないでくれ〉

ジェスはそれを聞くと、袖で涙を拭いて、笑ってみせた。

やっと笑ったか――ホッとしかけて、ハッと気付いた。違うのだ。ジェスは、俺の要望に応えてくれただけなのだ。

俺がお願いしたから、笑ってくれたのだ。

こうしてはいられない。俺はジェスに、恩返しをしなければならない。

〈なあジェス。黒のリスタが一つ、あればいいんだよな〉

ジェスは頷《うなず》いた。

〈急ぐのか〉

「ええ、王都への旅の前に用意しないと……盗人《ぬすっと》として、追われる身になってしまいます」

だからこんなタイミングで、裏路地へ行ったのか。

〈王都へは、いつ出発するんだ〉

「それが……明日なんです。明日の朝、出発する手筈《てはず》になっています」

〈明日？〉

それはなんとも……タイミングが悪かったとしか言いようがない。

〈それなら、一か八かだ。ジェスがいつもリスタを買っている、あの店に行くしかないだろう。なんとかして、今日中に正規品のリスタを手に入れるんだ〉

「でも……あのお店で買うと、六〇〇ゴルト必要になるんです。そんな大金、今はとても……」

〈今いくらある？〉

「二〇〇ゴルトと少しです」

〈差額の四〇〇ゴルトっていうのは、どれくらいのお金なんだ〉

「外国の方に、なんと説明したらいいんでしょう……例えば、そうですね、普通の方が二〇日《はつか》間雇われたときのお賃金と、同じくらいです」

ううん、絶望的だ。必要なのは六〇〇、今あるのは二〇〇。できることは二つだろう。こちらの数字を大きくするか、あちらの数字を小さくするか。

〈裏路地にいたあの刀傷のオヤジは、四〇〇ゴルトで売ろうとしたよな。とすると、他のイェスマはなんとかして四〇〇ゴルトを集めるわけだ。どうやっているか、心当たりはあるか？〉

ジェスは目をそらす。

「あの、――を売るんです」

聞こえなかった。

〈何を売るって？〉

――生殖器です
ジェスは念で伝えてくる。

口に出すのが恥ずかしいのだろう。可愛《かわい》らしいものだ。

〈身体《からだ》を売るっていうことだな〉

「ええ……そういう言い方もできます」

ジェスの恥じらう顔を見る。この国の言葉は、割と直接的な表現をするんだな。

〈ダメだダメだ。ジェスにそんなことをさせるわけにはいかない〉

豚足をテコテコいわせながら、芝の上を歩き回って考える。

〈俺の治療に使ったリスタだ。あれは使い切ったのか？〉

「はい、ごめんなさい……いろいろと方法を試しているうちに……」

〈謝ることはない。一緒に考えるんだ。何か価値のあるものを持っていないか？〉

ジェスは不安そうに、右手を握って胸に当てる。

「ごめ――いえ。お金しか、ないと思います。二〇〇と少し。あとは私の……身体《からだ》だけです」

そうか。覚悟を決めるしかないか。

〈ジェス、『値切り』っていうのを、したことはあるか？〉

「ネギ……?」

ままあそうだろうな。ネギを背負《しょ》って歩いているような奴《やつ》だ。

〈ジェスはいつも、あの店でリスタを買ってるんだよな〉

「はい」

〈しかもずっと、定価で買い続けているわけだ〉

「ええ、お値段が決まっているわけですから、それはもちろん……」

〈つまり、あの店にとって、ジェスはお得意様だ。少しくらい、値引きをしてくれるかもしれない〉

あのおっちゃんが相当なお人好《ひとよ》しならば、だがな。

「しかし、お値段を下げていただくということは、いつもお世話になっているお店に損をさせることになります」

まあそうなるな。

「そんな申し訳ないこと、私にはできません……」

〈でも向こうだって、ジェスがいることで大きな利益を上げているはずだ。少しはジェスに優しくしたいかもしれないだろう〉

「……そういうものですか?」

〈ああそうだ。とりあえず行ってみよう〉

ジェスはゆっくりと頷《うなず》いた。

表通りに向かって歩き始める。俺を信じてくれている優しい少女の後ろを歩きながら、感付かれないようにして、俺は計画を練るのだった。

諸君だって分かっているだろうが、六〇〇ゴルトもするものを二〇〇ゴルトに値下げしてくれる奴《やつ》なんて、そういるわけがない。交渉をするのだ。ジェスが持っている金目のものは、金と彼女の身体《からだ》以外にも、もう一つあるのだから。

「ジェス！　もう帰りかい？」

大きな店のがたいのいいおっちゃんが、また声をかけてくる。

「ええ、そろそろですね……」

ジェスは少しおどおどしながら、ショーケースの方へ向かう。俺も横に並び、首を上げてショーケースの中を覗《のぞ》く。赤、青、黄、緑……色とりどりのリスタが並び、その一番端に、黒のリスタが置いてある。

〈なあジェス、俺が隣にいる。俺の言う通りに話を進めるんだ。大丈夫か〉

ジェスはこちらを見て、小さく頷《うなず》く。顔からは不安が読み取れた。

豚の脳内からジェスに向けられた言葉を、店主のおっちゃんは聞くことができない。おっちゃんは俺をちらりと見たきり、興味を示さなくなっていた。

〈まずは黒のリスタが欲しいと言うんだ〉

――はい
「あの、黒のリスタを、個人的に一つ、いただきたいんです」

店主の反応は、俺の予想していたどんなものとも違っていた。

「またかい？　この前一つ、売ったばかりだと思うが」

どういうことだ。聞いていないぞ。

「あの、また一つ、必要になってしまったんです。お売りいただけませんか？」

店主は顔を曇らせる。

「いや、いいんだが、六〇〇ゴルトだよ。自分で払えるのかい」

細かいことを気にしている暇はない。アドバイスしなければ。

〈正直に、持ち金を言うんだ〉

「実はもう、二〇〇しかないんです……」

「二〇〇ゴルト？　残りの四〇〇はどうするんだ」

まあそうなるだろうな。

〈どうしても必要だ、値段を下げてくれないかと言うんだ〉

「どうしても必要なんです。お値段を下げていただけませんか？」

店主は、ぽかんと間抜けな顔をする。

「いやあ、困るよ。それはキルトリン家の買い物じゃないんだろう？　どうして俺が、イエスマ相手に安く売らなきゃいけないんだ」

はっとさせられる。これは、明らかな差別意識だった。この親切そうなおっちゃんにさえ、吐き気がするほどのイェスマ差別が染《し》み付《つ》いているようだ。

「あの……ごめんなさい、私……」

ジェスは今にも泣きだしそうなほど畏縮していた。差別意識は正直言って想定外だったが、ジェスがこうなることは、計画のうちだった。

ごめんな諸君。地の文で思考すると、ジェスに感付かれてしまう可能性があった。だから、諸君には内緒で、俺はある計画を、頭の隅でぼんやり考えていたんだ。

〈大丈夫だジェス。ここにいる豚を売ると言え〉

――え？

〈俺を売るんだ。二〇〇ゴルトと俺で、リスタを買え〉

――でも……

〈大丈夫。俺はただの豚じゃない。信じてくれ。何が何でも、隙を見つけて逃げ出してやる。だから言うんだ。俺のためにも、やってくれ〉

殺し文句だった。

「あの……二〇〇ゴルトに加えて、こちらの豚さんを差し上げます。それで黒のリスタを、売っていただけませんか」

店主が眉を上げて、俺を見る。

「それはキルトリン家の家畜じゃないのかい。ダメだよ。私には買えない」

〈芸ができる豚だと言え〉

「あの……この豚さんは、芸ができるんです」

「芸？」

〈盗んだのではなく、間引きで殺されるはずだった豚をこっそり拾い、ジェスが子豚から育ててきた。だから芸ができる。見せてみる。そう言うんだ〉

「間引きするはずの子豚さんを、私がこっそり育ててきたんです……盗んだものではありません。だから、芸ができるんです……お見せしましょうか？」

店主はまた俺を見る。俺は店主を見つめ返す。さぞかし度胸のいい豚だと思われていることだろう。店主の目つきが変わった。

「へえ、お前さんが芸を仕込んだっていうのか。ひとつ、見せてくれ」

「わ……分かりました」

〈何をすればいいか分からん。店主に何かやってほしいことを訊《き》くんだ〉

「あの、何かご覧になりたいものはありますか？」

「……そうだな、では、踊らせてみてくれ」

ンゴ。初《しょ》っ端《ぱな》から難しい注文だな。まあいい、踊ってやる。

〈命令するフリだ〉

「豚さん、ダンスです」

ふう。一九年間日陰で生きてきたヒョロガリ眼鏡――ダンスなどというキラキラしたものから離れて生きてきたこの俺の見事な踊りを、ここでお目にかけようじゃないか。

さて。ミュージック、スタート！

四肢を繰り返し曲げて身体《からだ》を上下させ、一定のリズムを刻む。拍を刻むようにジャンプ。自分の尾を追うようにクルクル回転し、また身体《からだ》をひょこひょこ揺らす。

「ぷっ……」

チラリと見ると、俺のダンスがあまりに見事なのか、店主のおっちゃんが今にも笑い出しそうになっていた。顔が赤くなっている。ジェスを見ると、こちらも手で口を押さえ、肩を小刻みに揺らしていた。

華麗すぎて言葉も出ないらしい。人を幸せにするのって、楽しいな。

俺は脳内にアニソンを流しながら、ノリノリで独創的なダンスを披露した。

「いや……もういい……やめさせてくれ……息ができない」

店主が目に涙を浮かべて言う。息を呑《の》むほど素晴らしい、感動的なダンスだったようだ。

「豚さん……もういいです……」

俺は最後にジャンプし、左の後ろ脚を上げて決めポーズを取った。

「ぷぉふーーっ！」

おかしな音を立てて、おっちゃんが噴き出した。

大口を開けてひとしきり笑ってから、息も絶え絶えになって、おっちゃんは言う。

「最高だ！　最高だよ！　なあジェス、こんな子を売ってくれるってのかい」

お、これはいけそうだ。

〈はいと言え〉

「……はい」

おっちゃんは気を良くしたのか、護衛の若者たちを振り返る。

「なあ見たか、今の動き！　怪我《けが》したヘックリポンみたいじゃないか！」

若者たちが同意を示して笑う。なんだなんだ。俺の知らない語彙だったが、馬鹿にしたような言い方だったぞ。

「いやあ、感激だ。なあジェス、こいつはジェス以外の言うことも聞くのかい？」

〈肯定だ〉

「はい。大丈夫だと……思います」

「ふーんそうだな、じゃあ豚。ジャンプだ」

膝を曲げ、ぴょんと跳ねる。おっちゃんたちはまた爆笑だ。

「ほう、賢い豚だなあ」

えっへん。お褒めに与《あずか》り光栄ですぞ。

「ジェス、金はいらない。こいつと黒のリスタを交換だ」

「……え？」

なんと、気前のいいおっちゃんだ。

「交換だよ。実は今夜の祭りで、出し物をやるんだ。この豚を使えば稼げる気がするんでね」

今夜、か。とすると、夜中まで逃げ出す機会がなさそうだ。タダで交換してもらえるということは、それだけ俺に期待がかかっているということ。祭りまで俺はずっと厳しく管理されているだろうし、万が一逃げ出して元手が取れなければ、その怒りはジェスに向かってしまうだろう。

「あの、そのお祭り、ぜひ私も行きたいです」

――?!

〈おい、ちょっと待て、それじゃあ――〉

「私が育ててきた豚さんです。活躍するところを見てみたいのです。タダで給仕《きゅうじ》いたします。どうでしょうか」

ああ、言ってしまった。ジェスが近くにいる状態で俺が逃げ出したら、ジェスが真っ先に怪しまれてしまうじゃないか。ううん……勝手なことは言わないでほしかった。

……いやまあ、俺だってジェスの同意もなく勝手に話を進めさせたのだ。おあいこと言えばそうかもしれない。ジェスが追い詰められれば俺の助言に従うしかなくなると踏んで、わざとジェスが困るようなシチュエーションにもち込んだのだから。

そうでもしないと、ジェスは俺を売ってくれなかったはずだ。

おっちゃんは言う。

「おう、もちろんいいんだが、キルトリン家の仕事は大丈夫かい。いくら俺でも、あちらのお咎《とが》めをいただいたら商売できなくなっちまう」

「大丈夫です。……その、今晩から、代わりのイェスマが来ますので」

おっちゃんは、ハッと驚いた顔をする。

「……そうか、もうそんな時期になっちまったか……」

どこか寂しそうな響きだった。

「だから豚を売るんだな。ようし分かった。来い。日没後、すぐに始まる」

「ありがとうございます！」

「ステージが見えるように、表の仕事にしてやる。酒はつげるか？」

「大丈夫です」

「おうよ。そんじゃ日没までに、聖堂前の広場に来てくれや」

おっちゃんはベルトからぶら下がった鍵でショーケースを開ける。

——豚さん、ごめんなさい……勝手なことをしてしまいました……

〈いや、大丈夫だ。問題ない。ただ、ジェスは俺の逃走の手助けをするな。俺は夜中に、一人で脱走する。ジェスに疑いの目を向けられると困るんだ〉

——大丈夫なんですか？

〈ああ。俺を誰だと思ってる〉

眼鏡ヒョロガリクソ童貞だぞ。舐《な》めてもらっちゃ困るね。

——じゃあまた、お祭りで会いましょう
〈そうだな〉

「ほらよ、餞別《せんべつ》だ」

そう言って、おっちゃんが黒のリスタを手渡す。

「ありがとうございます。助かりました。……では、用事を済ませてきますね」

ジェスは俺のことを不安げに一瞥《いちべつ》してから、屋敷の方へ去っていった。

「じゃあ豚さんよ、悪いが首輪をつけてもらうからな」

おっちゃんはいつの間にか護衛に持って来させていた革の首輪を俺につける。鎖が繋《つな》がっていて、そのもう一端を護衛の若者が握っている。

うん。まずい。

首輪があったら逃げられないじゃないか。

店じまいの後、俺は繋《つな》がれたまま石畳の道を歩き、大きな広場まで連れてこられた。ドーム屋根の巨大な建物の前、木製の簡素な長椅子と長机が並べられている。ここがおっちゃんの言っていた「聖堂前の広場」で間違いないだろう。俺は大きな樽《たる》の並んだ一角に連れていかれて、手すりのようなものに鎖で繋《つな》がれた。手——というか脚の届かないところで、鎖はしっかり固定されている。端を繋《つな》いで輪になっているので、暴れたところで取れないだろう。

やることがないので、考えてみる。

どうもジェスは、何か大きな嘘《うそ》をついているような気がするのだ。

まず、最近黒のリスタを買っていたという事実を、俺から隠していた。

——あの、黒のリスタを、個人的に一つ、いただきたいんです

——またかい？　この前一つ、売ったばかりだと思うが

さっきの会話を思い出す。リスタ店のおっちゃんが言及した「この前」の買い物も、キルトリン家の用事ではなく、ジェス個人の用事だったと取れる内容だ。言う必要がなかったから言わなかったとすればそれまでなのだが、あれだけリスタを買うためのお金の話をしているときに、なぜ前の買い物の話にならなかったのだろう。

——でも私の手元には、正規品のリスタを買えるほどのお金がもう残っていなくて……

ジェスの言葉を思い出す。今になって思えばあれも、すでに一回、自費でリスタを買ったように解釈できる口ぶりだった。……ううん、どうもモヤモヤする。

そしてリスタ店のおっちゃんとの会話。不自然じゃなかったか？　ジェスの「代わりのイェスマが来る」という言葉を、おっちゃんは今生の別れのように解釈していた。「もうそんな時期に」とか、「だから豚を売るんだな」とか、「餞別《せんべつ》だ」とか……。

ジェスは王都へおつかいに行くだけだよな？　しばらく暇をもらってちょっとしたおつかいをしに行くだけだと、そう言っていた。じゃあおっちゃんの反応はどういう意味だ？

モヤモヤモヤモヤ。

諸君は理系のオタク、それもヒョロガリ眼鏡に会ったことがあるだろうか。萌《も》えアニメを見てデュフデュフ言っているかと思えば、自分の気に入らないこと、筋の通っていないことがあると、突然饒舌《じょうぜつ》になって難しいことを語り始める人種だ。自覚がある者もいるかもしれないな。その場合は握手しよう。俺も仲間だ。

異世界に来て美少女を侍《はべ》らせながら、お金の話やリスタ店のおっちゃんの反応に頭を悩ませているなんて、ナンセンスかもしれない。しかし気になることは、気になるのだ。それが俺の性分だ。

ゴーンゴーンと鐘の音がする。聖堂の向こうにある塔から聞こえてくるようだ。気付けば日もだいぶ傾き、広場には松明《たいまつ》が設置されようとしている。

脱走を試みるならば、周囲の様子を観察しておかなければならないだろう。俺は鎖をジャラジャラ言わせながら、動ける範囲を歩き回る。

近くにある大きな樽《たる》は、どうやら酒樽《さかだる》のようだった。近づくと酵母のにおいがムンムンとしてくる。おそらくビールだろう。樽《たる》に金属製の蛇口がついていて、直接注《つ》げるようになっている。おっちゃんの近くで護衛をしていた若者たちが、この辺りでマグを運んでいるのに気付く。ここはおっちゃんが仕切っているブースらしい。

若者たちは続いて、ガラス瓶の入ったたくさんの木箱を俺の近くに積み始めた。若者が一本取り出して舌舐《したな》めずりをしている瞬間を目撃したが、瓶には焦げ茶色の澄んだ液体が入っていた。こちらは蒸留酒の類《たぐい》だろう。木箱には、緩衝材として木屑《きくず》が入っている。

脱走するには、二つの障壁を取り除かなければならない。まず、物理的障壁。この首に繋《つな》がっている鎖を外してもらわなければ、俺は自由になれない。そして、人的障壁。大勢が見ているなかで脱走しても、すぐに捕まってしまうだろう。

歩くたびに鎖がジャラジャラ鳴って目を引くので、俺はできるだけおとなしくして、方法を探っていた。酒のブースだけでなく、他にもいくつかの場所で火を焚《た》いたり皿を並べたりと準備が始まっていた。どうも、割と大きな祭りらしい。

日が暮れる頃、ジェスがやってきた。コルセットはしておらず、フリルのついたウェートレスの格好だ。着慣れているようで、細身の身体《からだ》にとてもよくフィットしている。これでご主人様とでも言われた日には、どんなに理性がある男でも豚のようにブヒィブヒィと鳴いてしまうに違いない――と観察していると、なぜかジェスの腹のあたりがいびつに膨らんでいるのに気付く。ジェスは俺を見つけるとすぐに駆け寄ってきて、頭を撫《な》でてくる。

――ああ、もう心配しました。間違えて串焼きになっていたらどうしようかと……

〈何言ってんだ。大丈夫だから安心しろ〉

そう言ったところでいいにおいがしてきたので風上を見ると、どうも大きな焚《た》き火《び》の上で豚を調理しているようだった。なるほど。腹が減ったな。

――そう思って、果物を持ってきました。召し上がってください。ご、ごしゅじんさま

ブヒィ！　ブッッヒィ！

いや、そんなサービス精神をはたらかせて毎度フラグを回収してくれなくていいんだが……。

などと考えていると、ジェスは周囲を窺《うかが》った後、襟元から手を入れ、小さめのリンゴを二つ取り出して俺の前に置く。なんてところに入れてるんだ。

――申し訳ありません。急いでいて、籠が見つからなかったものですから……とっさに服の中へ入れてしまいました……

〈いや、いいんだ。ありがとう〉

少女の服の下から出てきた、二つの小さな若い果実。豚はその汚い舌を伸ばすと――！

――えっと、あの、お味はどうでしょう
〈いやあ、うまいなこれ。恩に着る〉

あっという間に、食べ終えてしまった。豚になったからか知らないが、気が付くと芯まで食べてしまっていた。

ジェスは神経質に俺を撫《な》で続《つづ》ける。

〈心配するな。脱走は俺に任せろ。むしろジェスは、アリバイづくりのためにこの辺りからは離れているんだ〉

――大丈夫なんですか？

〈ああ。きっと上手《うま》くいく。だから、待ち合わせ場所だけ決めておこう〉

――待ち合わせ場所、ですか
〈ジェスはこの祭りの後、キルトリン家の屋敷に戻るのか〉

――はい。旅の支度をしなくてはなりませんから
〈じゃああの農場はどうだ〉

――ええ、構いませんが、道は分かりますか？

〈方角くらいはな。それにあんなにデカい屋敷は他にないだろう？〉

——そうですね。では、農場に大きな木が一本あります。その下でどうでしょう
〈大きな木だな。分かった〉

——時間はいつにしますか？

〈分からん。多分、真夜中になるだろう。運が悪ければ朝だ。明日出発するんだろう？　ジェスは寝ていろ。朝、日の出までには行くつもりだ。もし日が出ても俺がいなければ、……そのときは、おっちゃんの店まで様子を見に来てくれ。そこで新しいプランを話す〉

——分かりました。本当に、大丈夫なんですね？

〈ああ。俺を誰だと思ってる〉

——眼鏡ヒョロガリクソ童貞さんですね
…………。それは名前ではないが……。

〈そうだ。侮《あなど》るなよ。夜中には脱走してやる〉

——分かりました。信じます
〈そうこなくっちゃな〉

と言ってから、訊《き》きたいことがいくつか浮かんでくる。

〈ジェス、後学のために訊《き》きたいんだが、この祭りは、いつまで続くんだ？〉

——さあ……夜中までか、場合によっては朝までか。人がいる限り、お祭りは続きます。片付けは大抵、翌朝行いますね

なるほど、それはいい。

〈もう一つ。酒が出るようだが、祭りの参加者は全員――〉

「おう、ジェス！　そろそろ働いてもらうぞ」

リスタ店のおっちゃんの声に遮られた。振り返ると、サスペンダー付きの革製半ズボンに白いシャツという出《い》で立《た》ちで、おっちゃんが陽気に手を振っている。このおっちゃん、骨格からして相当デカいのだが、腹がぽっこりと前に出ているあたり、相当なビール好きなのだろう。

「細かい仕事は若いのから聞いてくれ。俺はちょっと、豚に用がある」

あ。訊《き》きそびれた。

鎖を手すりから外して、おっちゃんは俺を引っ張っていく。ジェスは若者に捕まって、何やら説明を受けていた。

ステージであろうウッドデッキは、おっちゃんの酒樽《さかだる》からそう離れていなかった。端の方でバグパイプのような楽器やら弦楽器やらを構えた男たちが待機していて、俺がステージの上まで連れてこられている間に、徐《おもむろ》に演奏が始まる。陽気な音楽。

「なあ豚よ。リハーサルをしてもいいかな」

おっちゃんはそう言いながら、首輪を外してくれた。

見ると、ステージの周りにおっちゃんの知人らしい中高年の男女が何人か集まっていた。

「見てくだせえな。傑作だからよう」

おっちゃんは俺を解放して、ステージ後方に下がった。

音楽のテンポが上がる。

「ほら、ダンスだ！」

おっちゃんの声に背中を押され、俺は渾身《こんしん》のダンスを披露する。

紳士淑女のみなさまが過呼吸になるまで、そう時間はかからなかった。

問題は、ダンスが終わった後、やはり俺は首輪をつけられ、酒樽《さかだる》近くの手すりに繋《つな》がれてしまったことだ。


日が暮れると松明《たいまつ》が灯《とも》され、広場は一面祭りの雰囲気になってきた。長机に陣取って喋《しゃべ》っている人たち。ステージの周りに楽器を持って集まる人たち。俺は相変わらず酒樽《さかだる》近くに繋《つな》がれていて、樽《たる》のような腹のおっさんたちがビールを買っていくのを見るしかなかった。

ジェスは注文を聞きながら机の間を飛び回っているかと思うと、こちらへやって来ては手際《てぎわ》よくビールを注《つ》いですぐ去っていき、忙しそうな様子だった。若造たちは大して動かず、酒樽《さかだる》の後ろに座ってカードゲームのようなことをしている。樽《たる》のところまでビールを買いに来た人がいると、面倒くさそうに立ち上がって、金を受け取ってビールを渡している。

いや、どう考えたってフロアが忙しくて死にそうなんだから働けよ。

か弱い美少女を走り回らせておきながら自分たちはカードゲームをしているなんて、とんだ頓珍漢《とんちんかん》だ。

訊《き》き損《そこ》ねたことがあったが、ジェスは忙しそうだし、ここは辛抱強い観察によって疑問を解明しよう。問いはこうだ。

——この店番をしている若者たちは、堂々と酒を飲めるのだろうか。

言い換えれば、この若者たちはこの場で酔うことを許されているのだろうか。

酒を見ていたあの目からして、このサボリ魔たちが酒好きであることは容易に推測できる。

しかし外見からして、彼らはジェスと同じくらいの年齢だ。さて、この国の法律は、道徳は、彼らが逃げる豚を見逃してしまうほどに酔うことを許容するのだろうか。

空が暗くなり、人が増え、ジェスはますます給仕《きゅうじ》の仕事に追われているようだった。ステージ上でかわるがわる演奏やら芸やらが披露されて、そのたびに広場は盛り上がりを見せた。ステージに登った人たちは毎回「テラワロスの狩猟具店」だとか「観光情報ならググレー」だとか書かれた横断幕を設置しており、披露が終わるたびに、何やらアピールをしていた。すると観客たちはちらほらと立ち上がり、同じような横断幕のかかったブースへと足を運んでいるようだった。

　ステージでいい見世物をすると、応援する客がその団体の屋台まで来てくれるという仕組みだろうか。

「あーあ、豚の番はまだかかな」

　店番の若者の一人が言う。

「キリンスさんは、大トリだって言ってたぜ」

「マジかよ。じゃあその後の美味《おい》しいお楽しみも、遅くになってからってことか」

「その前に、とりあえず飯が食いてえよなあ……」

　グダグダ言いながらカードゲームをやっていると、例のおっちゃんが何やらお盆を持ってやって来る。若者たちは慌てて立ち上がりカードを隠そうとする――かと思ったが、そんなことはなく、平気でカードゲームを続けていた。

「ようみんな、店番お疲れさま。肉を買ってきたから、まあ食えや」

「キリンスさん！　ありがとうございます！」

　若者たちは目を輝かせて、おっちゃんの盆に載っている美味《うま》そうな鶏《とり》の丸焼きを見る。おっちゃんは若者の一人の頭をクシャクシャっと撫《な》でる。

「今日は頑張れよー！　わんさか客が来ると思って、酒はいつもの倍用意してある」

「倍っすか」

「イェスマの豚に期待して、急いで調達してきたんだ」

聞きたいことは聞けた。キリンスとやらは有能な経営者という感じで、面倒見もいいようだ。だがなんだあれは。ジェスを死ぬほど働かせておきながら、裏でカードゲームをしている若造たちにはチキンをご馳走《ちそう》する。そしてジェスの名前を知りながら、ジェスを「イェスマ」と種族名で呼んだ。まるでレイシストではないか。

まあいい。どうせこいつらとは、もう今夜でおさらばするのだ。

キリンスのおっちゃんが「わんさか客が来る」と言っていたのは、おそらく俺のダンスに期待してのことだろう。俺が踊って大ウケすれば、この屋台にたくさん客が来るわけだ。そうすると、さすがに若造たちも働かなければ回らない。奴《やつ》らの言う「美味《おい》しいお楽しみ」は、その後にくる。「その前に飯が食いてぇ」ということは、「美味《おい》しいお楽しみ」とは飯を食うことではない。では何か。酒を飲むことだ。接客するのに酔っていては困るわけだ。

計画は立った。まあ見てろよ諸君。俺は今夜脱走し、ジェスのところへ行ってやる。諸君が画面越しにしか会えないような美少女のもとに、帰ってやるからよ。

ステージに上がって、一つ失念していたことを思い出す。観客はざっと一〇〇〇人以上いる。そんな大勢の前で何かを披露するのは、生まれて初めてなのだった。俺のために用意された大きな台に乗ると、二〇〇〇以上の目が俺の方へ向けられているのが見えた。

〈後ろの人も、ちゃあんと、見えてるからねー！〉

アイドルっぽく心の中でイキってみるも、心臓の鼓動は治まらない。

え、これヤバくね？

豚が登壇したという珍事のせいか、好奇の視線が俺に刺さってくる。

いや、無理無理無理無理無理。クラスの自己紹介ですら緊張して噛《か》みまくった俺が、どうして異世界に来た初日に、一〇〇〇人もの客の前でダンスを披露しなきゃいけないんだ？

俺の隣におっちゃんが来て、緑色のリスタのついたメガホンのようなものを口に当てる。

「みなさん！　キリンス宝石店のお時間がやってまいりました」

何十倍にも拡大されたおっちゃんの声が、広場に響き渡る。

「昨日までは音楽隊を手配すると宣伝しておりましたが、しかし！　今回は加えて、この豚に登場してもらうこととなりました」

戸惑いのざわめき、笑い飛ばす声。

「みなさんが見たことのない出し物となること間違いなし！　ぜひご覧ください」

そのとき、広場の真ん中から、ジェスがこちらを見つめているのに気付いた。

頑張ってください、とでもいうように、胸の前で二つの拳をぎゅっと握りしめている。可愛《かわい》い。ああ、これが終わったら、ジェスの柔らかい太ももで膝枕されたい！　ジェスの顔を犬のように舐《な》めて唾液でベトベトにしたい！　ジェスの小さな――

──あの、聞こえてますので……

え。そうなの。

じゃあ最初から、テレパシーで応援してくれよ。

そうこうしているうちに演奏が始まる。

「ダンス！　よろしく頼むよ」

キリンスのおっちゃんが、俺に笑顔を向けてくる。間違えて、頷《うなず》いてしまった。

おっちゃんは驚いたような顔をしたが、そのごっつい手で拍手をしながら、壇上から下りていった。

え、ヤバない？　どうやって踊ればいいの？

とりあえずジャンプしてみると、一瞬の沈黙の後、会場が爆笑の渦に包まれた。もうどうにでもなれ。

テコテコ歩いて一回転しようとしたら、足がもつれて横転してしまった。また大爆笑。

──豚さん！　頑張ってください！

俺だけに聞こえる、ジェスの無言の声援。しかしこの純真な少女は気付いていないのだ。オタクという生き物は、女の子に見られていると意識した途端に、すべてのことが不得意になる。

ジグザグステップを決めようとすると、自分の蹄《ひづめ》を自分で踏んでしまう。

「フンゴッ！」

俺の悲痛な叫びが、大勢の笑いを誘う。最前列のジジイが涙を流して笑っている。
——見てませんので、大丈夫ですよ！　その調子ですw
ん？　今、ちょっと草が生えていなかったか？　まあいい。ジェスの笑顔のためなら、俺はいくらでも頑張ってやる。史上初、豚がウィンドミルを決める瞬間をお目にかけてやるからよ。

ウケは抜群に良かったが、個人的には終わり方が最悪だった。必死に踊っていたらいつの間にか台の端まで来てしまい、気付かず台から転げ落ちてしまったのだ。

痛い痛い痛い痛い！

オタクが調子に乗って芸を披露すると、こうした結末は必至なのである。また鎖付きの首輪をつけて引きずられ、俺はさっきまでと同じ手すりに繋《つな》がれた。どうも、右後ろ脚をひねったか骨折したかしているらしい。一歩進むたびに痛みに襲われた。

「なあ豚よ、最高だったじゃないか！　大ウケだよ。見てくれや」

俺を繋《つな》いだキリンスのおっちゃんが、酒樽前《さかだるまえ》の行列を手で示す。若造たちはようやく忙しそうにビールを売りさばいている。瓶に入った蒸留酒——注文を聞くに、ウイスキーのようだ——も売れ始めてきた。蒸し暑い熱気の中で、若造たちの顔から汗が流れている。ざまあ見ろってんだ。

足の痛みに耐えながら、じっと機を窺《うかが》う。

三〇分ほどで列がなくなり、赤い顔の中年たちが俺を囲んで見物し始めた。想定通りだ。俺が痛みをこらえながら跳ねたり踊ったりすると、手を叩《たた》いて笑う。マグや瓶を持った酔っ払いたちが続々と集まり、俺を囲んでいた。

若造たちは待ちかねたようにウイスキーの瓶を開けて、美味《うま》そうに飲みながら俺を見物している。

さあ、作戦開始だ。

俺はダンスをしながら、できるだけ手すりに寄って鎖を緩ませる。身体《からだ》を振ったりヘドバンをしたりすると、鎖がジャラジャラと不快な音を鳴らす。もっと鳴れ。

むち打ちになりそうな勢いでヘドバンを繰り返し、鎖を地面に叩《たた》き付《つ》ける。

「おい兄ちゃんよう！　このうるさい鎖を外してくれねえか」

一人の老人がついに言った。

「ウイスキー一本、一〇ゴルトでっさ」

「ああ分かったよ。買ってやる」

老人が金を払うと、若造が俺の首輪を外した。計画通り。

第二段階。俺は少しずつ移動し、群衆をウイスキーの木箱が積まれたところまで誘導していく。そして素早く突進するように動いて、観客を驚かす。相手は酔っ払いだ。予想した通りに、後ろへ飛《と》び退《の》く。

もうちょっと右か。

俺がもう一度突進のフリをすると、酔っ払いの一人が見事に木箱へヒットした。

ガッシャーン！

木箱が倒れ、ガラス瓶が散乱する。目敏《めざと》い若造たちは、掃除するフリをしながら、割れていない瓶をくすねる。俺を囲んでいた人々は、申し訳なさそうにウイスキーを買っていく。

さあ、後は待つだけだ。俺は珍奇な仕草をして人々を引き留める。

一時間もしないうちに場の人間がひどく酔っ払い、俺は隙を見て逃げ出した。


豚は激怒した。

いや、していないです。ごめんなさい。ただ諸君に察してほしいのは、怪我《けが》した脚が大変痛く、キルトリン家の邸宅まで辿《たど》り着《つ》けるかも分からないということだ。

気分はメロス。俺は美少女との約束を果たすために、何が何でも日の出までに帰らねばならぬのだ。でも痛い。

豚なので、後ろ脚の様子を触って確認することもできない。地べたに寝転がって頑張って首をひねり確認してみたが、目立った外傷はない。痛むのは関節だ。重傷でないことを祈ろう。

夜の街は閑散として暗く、頼りになるのは月明かりだけだ。今日は満月。石畳に影ができるほど、月光は鋭い。

こんなに痛いのは、高二の球技大会で足首を捻挫したとき以来だ。ウェイ系男子たちが女子の黄色い声援を受けて活躍するなか、挙動不審な動きをして転んだ俺は体育館の隅で黙々と足首を冷やしていたっけ。

うう。思い出したくないことを思い出してしまった。

しかし困った。ジェスに怪我《けが》のことがバレたら、また黒のリスタを使われてしまうかもしれない。逃げた豚をまた売るわけにもいかないだろうし、この怪我《けが》のことはできるだけ隠しておかなければならないだろう。

相手は思考を読める少女。農場へ戻るまでに、なんとかして対策を考える必要があるな。

いやいや。それよりも、無事に農場まで行くことが先だ。祭りであれだけ注目を浴びた身である。人に見られるのもまずいだろう。できるだけ裏道を通っていくのがいいかもしれない。邸宅の方角は、なんとなく分かっている。広々とした敷地に大きな屋敷が建っているのだから、見逃すこともないだろう。俺は裏道を行くことにした。

足を引きずり歩いていると、見覚えのある場所に来た。あの刀傷のリスタ売りがいた、怪しい裏路地だ。汚い公衆トイレのような、嫌なにおいが淀《よど》んでいる。ここを抜けると草っ原に出るはずだ。今はもう商売をしていないだろうし、ここを通り抜けて街の外を歩くとしよう。

前方で人の声がして、俺は立ち止まる。

「てめえのミスはてめえで片付けろ。こっちが迷惑被《こうむ》ったら、分かってんだろうな」

「すまねえ。でもどうしようもなくってよ」

「事故に見せかけるなりできただろうが」

「違《ちげ》えんだ。コルセットのことじゃねえ。豚が急に走り出してよ。いきなりいなくなっちまったんだ」

この声。中古品を売りつけようとしてきた刀傷の男に違いなかった。俺は音を立てずに木箱の陰に隠れて息を潜め、会話に耳を傾ける。

「じゃあ探せ。屋敷は分かってんだろう。後をつけて殺せばいい」

「待ってくれ。すまねえとは思ってんだ。あんまりじゃねえか。キルトリン家のイェスマを殺したってバレたら、俺はおしまいだ」

足が震えだす。ちょっと待て、お前は何を言っているんだ。

「てめえの責任だ。もし嫌だったら、この地方のイェスマ狩りにでも頼むんだな」

「雇用中のイェスマ殺しなんざやってくれるはずがねえ」

「金を積め」

「そんな金はねえよ」

ガタンと音がして、刀傷の男が壁に押し付けられるのが見えた。相手は、二メートルはありそうな大男だった。筋骨隆々で、金の短髪が逆立っている。

「いいか。イェスマを殺すか、てめえが死ぬかだ。次の夜までにイェスマの死体を用意しなけりゃ、イェスマと一緒にてめえを殺して、てめえの死体を犯人として突き出してやる」

大男は突然刀傷の男を解放し、肩を怒らせてこちらへ歩いてくる。陰に隠れて死ぬ気で息を止めていたおかげか、大男は俺に気付かず去っていった。

「しゃあねえなあ……」

刀傷の男も、服の乱れを直しながらこちらへやって来る。

え、見つかったらどうなる？　死んじゃうの？

ガクガクブルブル震えながら、男が通り過ぎるのを待つ。男は角を曲がって、キルトリン家の邸宅の方向へと歩いていく。

え？　ちょっちょっちょ……どうしてジェスを殺す話になっている？　というか俺の足はどうして動かない？　待ってくれ、考える時間が欲しい。あの男はジェスの居場所に向かったのか？　そしたら何が何でも止めなきゃいけないよな？　でも俺に何ができる？　裏路地の掃《は》き溜《だ》めみたいなところで震えているだけの家畜に、一体何ができるんだよ？

くそ。くそくそくそくそくそくそ！

……いや、落ち着け俺。お前は剣と魔法の世界に来たんだぞ？　こんなところで固まっていて、みすみすヒロインを死なせてしまっていいのか？　俺を待ってくれているあの純真な少女を、あんな薄汚い男に殺されてもいいのか？

動けメロス。ジェスを救うために、お前は動かなければならない。

家畜化されているとはいえ、豚の祖先はイノシシだ。獰猛《どうもう》な獣だ。

脚の怪我《けが》が何だ。別にすぐにでも男を殺さなければいけないわけではないだろう。そうだ。あの男の後をつければいいんだ。様子を見ながら、作戦を練ろう。

再び表通りに出て、男の曲がった背中を見つける。あいつも脚が悪いようで、足を引きずりながら歩いている。十分、追跡できそうだ。

周囲を気にしながら、男を尾行する。俺は豚だ。目が顔の左右に付いた獣の視野は広い。

……そうじゃないか！

おかしなことだが、その事実に気付いた途端、周囲のあらゆるものが一度に見えてくる。そうか、人の視野に慣れていたせいで、視界の中央にしか注意が向いていなかったんだ。注視をやめれば、こんなにも広い範囲が同時に見えるんじゃないか。

さらに思い出す。豚はトリュフを探すのに使われる。イヌ並みに鼻が利《き》くのだ。

自覚をして、空気を吸い込んでみる。向かい風。煙草《たばこ》を吸う人間に特有の、あの口臭。洗っていない髪のすえたにおい。そして何より、ハッカのような芳香。

さすがに今まで嗅いだことのないようなにおいを識別することはできなかったが、それでも、開いている距離の割にはおかしいくらいににおいが分かる。意識して地面を嗅いでみる。石。

たのだ。

豚には豚の特技がある。踊っただけで人の興味を引けることなんて、その一端にすぎなかった。

土埃《つちぼこり》。その向こうから、刀傷の男のにおいが覗《のぞ》いているようだ。

考えろ、俺。どうすればジェスを守れる？

男はひょこひょこと、淡々と歩いている。観察だ。肩から革の袋を提げていて、袋はごつごつとしたもので膨らんでいる。中古品のリスタだろうか。きっとあの脚とあの荷物では、機敏に動くことなどできないだろう。しかし俺も手負いだ。どんな武器を持っているかも分からない人間相手に襲い掛かるのはリスクが大きい。

それに俺は、元眼鏡ヒョロガリクソ童貞。人を殺す度胸はない。

すると、誰かに襲わせるのが得策か。だが俺と意思疎通できるのはジェスだけだ。あの天使のような少女が、この男と戦って勝てるとは思えない。

やはり、先回りしてジェスに知らせて、逃げてしまうしかないのだろうか。

でも大男の言っていた「イェスマ狩り」とは一体何だ？　逃げたところで、そいつらに狙われて生き延びられるのか？

考えろ。あいつらはどうすれば殺しを諦める？　あの悪人が怖いものは何だ？

考えているうちに、街の外れまで来ていた。遠くにキルトリン家の邸宅が見える。もうここからは一本道だ。

男はいったん立ち止まり、腰から何かを引き抜く。月光に仄《ほの》めく刃《やいば》。短刀だ。

あの鋭い刃《やいば》が、ジェスの柔らかい首を切り裂いたら。白い肌を突き抜け、内臓を貫き、血を撒《ま》き散《ち》らしたら。嫌だ……絶対に。そんなこと、させるものか。

男は短刀をしまい、またゆっくりと歩きだす。

時間がない。悔しいが、もう先回りしてジェスに会いに行くしかない。

走れ豚。お前がジェスを救うんだ。


俺は道を逸《そ》れて草地を走り、キルトリン家の邸宅を目指した。暗殺の話を聞いてアドレナリンが出たからだろうか、痛みはかろうじて我慢できる程度になっていた。怪我《けが》をした脚でこんなに走ったら絶対に後悔するだろうが、何よりもまず、恩人のジェスを救わなければならない。

待ち合わせ場所は農場の大きな一本木の下。しかし明朝に会おうと約束したのだ。俺は寝ていろと言った。ジェスはまだ、三階のあの部屋にいるに違いない。

邸宅の勝手口に着く。木製の扉。取っ手が高いところにあり、開けることができない。鍵もかかっているだろう。くそ。こんなとき、人間だったら、無理やり壊してでも……

どうやって開けるか考えるも、別のことが頭に浮かんでくる。

――事故に見せかけるなりできただろうが

——屋敷は分かってんだろう。後をつけて殺せばいい
——キルトリン家のイェスマを殺したってバレたら、俺はおしまいだ
　そうか、焦《あせ》っていて冷静な思考ができていない。あの男には、屋敷の中でジェスを殺すことなどできやしないのだ。屋敷を知っているのに、「後をつけて殺す」ということは、屋敷では、堂々と殺せないという意味に他ならない。そう、悪人たちはキルトリン家を恐れていた。ジェスを殺したと分かれば、犯人はキルトリン家によって捜索され、捕縛、ともすれば処刑されるのかもしれない。
——キルトリン家の紋章があれば、誰も私を襲おうだなんて思いませんから
　ジェスのしていたあのコルセットは、ジェスがキルトリン家のものであり、手を出すことなど到底許されないということを示していたのではなかったか。
　そうなれば、男の行動は予測できる。その一。ジェスが出てくるのをじっと見張り、出てきたところを待ち伏せて殺す。その二。助けを求めるフリなどをして、ジェスをおびき出して殺す。
　しかし、男は顔をジェスに知られているし、ジェスは程度の大小はあれ心を読むことのできる種族だ。となると、待ち伏せからの不意討ちが妥当だろうか。
　さて、ジェスを殺したら、男はどうする？　死体をそのまま放置してしまえば、殺人だと分かってしまう。あの脚の悪い男が一人でジェスを運ぶのは困難だ。

いや待て待て。男は本当に、短刀でジェスを殺すのか？　事故を装《よそお》うのなら、刀傷があっては困るではないか。殺しだと分かって犯人捜しが始まれば、立場の弱そうなあの男は、捜査を嫌う仕事仲間に裏切られ、キルトリン家に突き出されてしまうかもしれない。事故死に見せかけた方が無難に違いない。

相手は従順なか弱い少女。男はきっとどこかへ連れて行って殺すはずだ。すると問題なのは、顔が知れていること、心を読まれること。だから短刀を使うのだ。不意討ちをして短刀で脅し、遠くへ連れて行って川へ突き落とすなりする。

そうなれば、ジェスが屋敷から出る瞬間を男に目撃されるのはまずい。あいにくジェスは日の出前に農場へ向かうだろう。そこを男に襲われたら、俺がいてもなす術《すべ》はない。くそ。

屋敷の裏に回り、三階の部屋を見てみる。明かりはついていない。きっと部屋は真っ暗だ。出掛けるならば、何かしらの明かりを使う必要がある。となると、俺にもそのタイミングは分かるはずだ。何か合図をする方法はあるだろうか……。

そこで、もう一つの可能性に気付く。

我が不徳の致すところだが、俺は女の子と待ち合わせをしたことがない。だからよく分からないが、待ち合わせのとき、いついつまでに会おうと約束したら、女の子はどのくらい前から来ていてくれるのだろうか。

ジェスのような子は、もしかすると、もう待っているのではないか。

まだ日の出まで十分な時間がある。三階の窓と勝手口の周辺を継続的に確認しながら、待ち合わせ場所を見に行くことにした。

闇に紛れて農場へ。昼間、ジェスと歩いたことを思い出す。遠い昔のことのように思えるが、会話はしっかり憶《おぼ》えている。

——私の名前はジェスです。ジェスって呼んでくださいね

——よろしくお願いしますね、豚さん

——私、ご一緒しますよ

優しい声が、脳裏に蘇《よみがえ》ってくる。あの純粋な瞳が。天使のような笑顔が。

俺の人生のどこを探せば、あれほどの優しさが他に見つかるだろうか。突如豚小屋に現れた泥まみれの俺に手を差し伸べてくれた、あの優しさが。こんな俺のために高価なリスタを使ってくれた、あの優しさが——

あかん。いやいやいけない。まったく、オタクはすぐそうやってガチ恋する。

ダメだ。今はそんなことを考えている場合じゃないだろう。

首を振り、急いで農場へ向かう。諸君、どんな美少女に出会っても、分かってるだろうな。ガチ恋はいけない。遠くからそっと応援してやるのが、俺たちオタクの役目なのだ。

そして俺は、心臓がきゅっと絞られるような感覚を味わった。だだっ広い草地の中に、大きな木が一本ぽつりと生えている。そこだけ地面が少し隆起していて、その木はまるで天に向か

って背伸びしているかのようだった。星々の散る暗い夜空の下、月明かりに光る葉の一枚一枚がそよ風に揺れてチラついている。

少女は、木の下で待っていた。根元に腰かけ、幹に身体《からだ》を預けて、眠っていた。

こんなに早くから……おいおい、まだ夜中だぞ。こんなに早くから、俺のことを待ってくれていたのか？

脚の痛みのことなんかすっかり忘れて、ジェスのもとへ走る。俺が近づいても、ジェスは眠っていた。最初に会ったときと同じ、白のブラウスに紺のスカート。穏やかな顔で、寝息を立てている。しばらく俺は、その寝顔に目を奪われていた。

……いや、ダメだ。何をしているんだ萌《も》え豚《ぶた》よ。今は美少女の寝顔の鑑賞会ではないぞ。美少女を殺そうとやって来る男をどうやって止めるか考える時間だ。まずはジェスを起こさなければならない。

〈ジェス。起きてくれ〉

返事はない。それもそうか。意識がないのに豚の考えも頭に入ってくるようじゃ、きっとうるさくて眠れないだろう。

俺は鼻先でジェスの肩をつつく。ジェスは起きずに、身体《からだ》を少し動かした。きれいな顔が近くにある。長い金の睫毛《まつげ》が、月光を浴びて光っている。小さな鼻。薄い唇。緩やかな曲線を描く首の皮膚は、銀の首輪の下をくぐり、細い鎖骨の表面をなぞって小さな膨らみへと続いている。頼りない腕。重いものを持ったらすぐにでも折れてしまいそうな指。よく見ると、指には細かな傷がたくさんついていて、荒れて赤くなっている。

こんな子を殺そうだなんて、人間のやることじゃないだろ。

ふつふつと怒りが湧いてくる。あんな男の保身のためにジェスが死んではならない。刃先をジェスに向けてみろ。お前の手が刃物を握ることは二度とない。

もう一度、今度はもっと強くつつく。

ジェスはゆっくり目を開けた。こちらを見ると、何も言わず、目をもっと大きく見開いて、その茶色の瞳は俺のことを吸い込んで、そしてあっという間に潤って、ジェスは涙を流し始めた。

「……心配、したんですから」

それだけ言って、ジェスは俺の首を抱きしめた。頭が真っ白になる。

時間が止まったようだった。しかし俺は、やらなければならないことを思い出す。

〈ジェス、聞いてくれ〉

ジェスは俺を離さなかった。今日拾ったばかりの、見知らぬ豚を。

しかし、幸せな時間は終わらせなければならない。

〈男が一人、ジェスを殺そうとしている〉

「私を……えっ？」

ジェスはようやく俺を解放し、右手を胸の前で握る。

〈今日の昼間、ジェスがリスタを買おうとした、顔に刀傷があるあの男だ。あいつがジェスを殺すために、もうあの屋敷の近くまで来てるんだ〉

「そんな、どうして……」

〈理由はよく分からない。だが俺の推測が正しければ、ジェスは口封じのために殺されようとしている。あいつらが中古のリスタで後ろ暗い商売をしているってことをジェスがバラしたら、商売あがったりだからな〉

「でも私、喋《しゃべ》りません……」

〈そうだろうな。だけど悪人ってのは、知られたくないことを知られちまったら、黙らせたいってだけの理由で人を殺すものなんだよ〉

どうしてこんなことから説明しているんだ。俺は父親か。

「どうしましょう……私が殺されたら豚さんは……豚さんは、人間に戻れなくなってしまうかもしれません」

そこでどうして俺の心配をする。お前は母親か。

〈死なせはしない。俺が一緒だ。だから、一緒に対策を考えてくれ〉

ジェスは泣いたばかりの目で俺を見る。

「それなら……こっそり逃げませんか」

〈それじゃあ何の対策にもならないだろ。出先まで追ってくるかもしれないし、ジェスがここに戻ってきたとき、また襲われるかもしれない〉

ジェスは何か言いかけたが、口をつぐんで下を向く。

〈一番いいと思うのが、あいつをキルトリン家に捕縛させることだ。俺たちが戦う必要はない。だから、危険も少ない。何より、キルトリン家を味方につけて奴《やつ》らの商売のことを世に広めれば、口封じの意味がなくなるし、あいつらもジェスを狙いにくくなる〉

「でも……キルトリン様が私のためにそこまでしてくださるでしょうか……」

〈ジェスは長い間、仕えてきたんじゃないのか〉

「はい……ですが、私はイエスマです」

〈だからどうした〉

「私とキルトリン家の方々とでは、身分が天と地ほどに違います。私は……何かをお願いできる立場にありません」

〈でもジェスが殺されたら、キルトリン家も困るだろう？　まだ働き盛りなんだ〉

「あの……」

ジェスの手が、神経質に胸へと当てられる。

隠し事をしているな、と直感する。

〈言ってみろ。怒らないから〉

「ごめんなさい。私、実はもう、お屋敷には戻らないんです」

そんなことだろうと思った。リスタ店のおっちゃんが餞別《せんべつ》だなどと言ってジェスとの別れを意識していたのは、やはり俺の勘違いではなかった。

〈分かった。その理由はまた今度教えてくれ。今はどうするか考えよう〉

キルトリン家に動いてもらうことができないとなれば、キルトリン家が動かざるを得ない状況にもち込むというのが自然な考え方だろう。さて、どうする。

〈ジェス。この農場に、鍵が閉まって中に人を閉じ込められるような設備はあるか？〉

「えっと……石造りの倉庫があります。外から鍵をかけてしまえば、中からは出ることができません」

〈鍵は用意できるか？〉

「はい。お屋敷の勝手口を入ってすぐのところに、かかっています」

となると、鍵を取りに行く間にあの男に見つかる可能性があるということか。

〈なあジェス。いくら小間使いの身分でも、キルトリン家の人間が見る場所に書き置きを残すことぐらいはできるよな〉

「はい……できると思います」

〈じゃあ計画を言うぞ。俺の言う通りに動くんだ〉

ジェスの反対を押し切って、俺はさっそく動き始める。

屋敷周辺を俺一匹で偵察する。風に乗って、ハッカのにおいがぷんと漂ってくる。風上で、刀傷の男が植え込みの陰に座り込み、こっそり勝手口を見張っているのが分かった。推理通りだ。ジェスを今から待ち伏せして、出てきたところを不意討ちし、短刀で脅してどこかへ連れ去るつもりなのだろう。

ジェスが隠れているところまで戻り、言う。

〈来るんだ。いいか、あいつの狙いは俺じゃなくてジェスだ。何があっても、俺を助けに来ちゃいけない。あいつは脚が悪い。最悪、ジェス一人で逃げるんだぞ〉

ジェスの首が曖昧に揺れる。まあ仕方ない。俺がヘマをしなければいいのだ。

ジェスを誘導して屋敷の近くに隠れさせると、俺は意を決して、徘徊《はいかい》しているふうを装《よそお》って勝手口のすぐ手前まで行く。もちろん、刀傷の男からは見えているだろう。

「フゴッｗ」

いかん、鳴き声をあげようと思ったら、草まで生やしてしまった。

しかし効果は十分だった。男は俺に気付き、体勢を変えた。

「ンゴｗ」

俺はまた鳴いて、農場の方へテコテコ歩き始める。農場では枯れ草が焼かれており、チラチラと光を放っている。

豚の視野は、俺を追跡する男の姿を捉えていた。農場の火に気を取られ、そちらばかり見ているようだ。狙いのイェスマが管理しているだろう農場の焚《た》き火《び》。そのイェスマは昼間、豚を連れていた。そして、一匹の豚が焚《た》き火《び》の方へ歩いている。

まあこれだけの材料が揃《そろ》えば、あいつはこう結論付けるだろう。

――あの焚《た》き火《び》のところに、殺すべきイェスマがいるかもしれない。

農場が近くなると、俺は歩みを速め、豚小屋に隠れる。

男は俺を見失っただろう。しかし慎重に、ジェスを求めて焚《た》き火《び》のあたりを捜すはずだ。倉庫からだいぶ離れた、何でもない焚《た》き火《び》の周辺を。

しばらく待ってから豚小屋を出て、男を捜す。すぐに見つかった。男は焚《た》き火《び》のそばで周囲をキョロキョロしていた。そうだ、火を見ろ。火は眩《まぶ》しいぞ。お前の瞳孔は閉じ、桿体《かんたい》細胞の視物質《しぶっしつ》はどんどん消費されていく。明順応《めいじゅんのう》だ。人間は、明るいところに目が慣れるのは一瞬だが、暗いところに目を慣らす暗順応《あんじゅんのう》には時間を要する。今の瞬間にも勝手口から鍵を回収し闇に紛れて倉庫へ向かうジェスを、あの目では見つけられないはずだ。

パッと、別のところで明かりが灯《とも》る。倉庫だ。よし、行くぞ。

俺はまた、男の近くまで行く。

「ンゴォw」

精一杯に鼻を鳴らし、男の注意を引く。やりすぎたかもしれないが、どうやら男は俺の意図に気付かなかったらしく、俺が倉庫へ向かう様子をじっと見つめていた。

倉庫に明かりがついているのを見るや否《いな》や、男は焚《た》き火《び》の周辺をうろつくのをやめて、俺の後に続いて倉庫へ向かう。計画通りだ。あとは、俺次第。

俺は男から見えるように、ゆっくり倉庫へ入った。天井でランタンが灯《とも》っている。見たところ、餌やら肥料やらが入っているばかりで、脱出に使えそうなものはないようだった。枯れ草がちょうどいい感じに死角を作っている。一安心。

俺は入り口から死角になるところで、鼻を鳴らしながら物音を立て続けた。

心臓の鼓動が高まる。計画通りに進めば刃物を持った男が倉庫に入ってくるのだから、当然だ。ジェスのナデナデを思い出して、心を落ち着ける。

〈準備はいいか、ジェス〉

――はい、倉庫の裏に……隠れています
よし。祭りのステージと違い、今度は、ジェスの視線はない。陰キャは見えないところで輝くんだ。すぐ近くで震えている少女のために、俺は奮闘する！

予想通り、あのにおいが近づいてくる。煙草《たばこ》。不潔な頭髪。ハッカ。男が倉庫に入ってきた。

俺は何食わぬ顔をして男の横を通り、倉庫を出る。

男がちらりとこちらを見て――

今だ！

痛む後ろ脚を踏ん張る。ステージの俺を応援してくれたジェスの顔が浮かぶ。守るんだ。俺は男の膝の裏をめがけて突進した。衝突！

豚の頭蓋骨は硬い。ぶつかった衝撃は、俺にとって大したことはない。しかし男は、体勢を崩して前のめりに倒れる。

「この……クソ豚！」

いったん下がり、立ち上がろうとする男の脇腹に向かってもう一度突進！

しかしここで眼鏡ヒョロガリスキル発動。予想以上に俊敏だった男の腕が振り下ろしてきた革袋を避《よ》けきることができず、それが俺の脇腹に直撃した。中に入っている石が俺の内臓を揺さぶる。

ウゴッ！

ジェスの微笑《ほほえ》みを思い出す。あれを傷つけるかもしれない男が、すぐ目の前にいるのだ。俺は突進の勢いを殺さないよう身を捩《よじ》り、鼻面《はなづら》を男の胴体に直撃させる。効いた。男の手が袋を離す。間髪入れずに一歩下がって、口を大きく開け、男のアキレス腱《けん》を思い切り嚙《か》む。ブチッという感覚があった。

「うがあああああ！」

男が叫ぶ。その瞬間、俺の背筋に鋭い痛みが走った。一瞬、身体《からだ》が硬直する。

なんだこれは、まずいな、と思いながら、俺は倉庫から撤退する。

〈ジェス！　今だ！　扉を閉めてくれ！〉

そう呼びかけると、ジェスはすぐにやって来て、倉庫の重い扉を少女とは思えないスピードで閉じ、鍵をかけた。中から男の呻《うめ》き声《ごえ》が聞こえてくる。

よかった、成功だ。

〈ジェス、よくやった！　もう大丈夫だ！〉

ジェスの方へ歩こうとするも、後ろ脚が言うことを聞かない。俺はコテンと横倒しになってしまった。背中が自然と反り返る。一体どうしたんだ。

ジェスは固まって、呆然《ぼうぜん》と俺を見ていた。そして俺は、痛みの原因に思い至る。

温かいものが流れ出ている。短刀が、背中に深く突き刺さっているのだ。

皮肉なことだが、死にかけて初めて、俺はこの世界が夢ではないことを確信した。

これほどリアルに痛みを感じながら、目を覚まさないなんてあり得ない。背中を刺される夢を見たことがあるが、あのときは海老反《えびぞ》りになって飛び起きたくらいだ。俺は本当に、異世界へ転生したのだろう。

夢じゃなかったのか。

横倒しになったまま脚をピクピクさせ、九〇度傾いた少女の顔を見る。痛い。寒い。俺は……死ぬのか？

——嫌です……豚さん……死んじゃダメです

脳に直接語りかけながら、少女は俺の首回りを弱々しく触る。くすぐったい。

――ごめんなさい……あの……私……どうすれば……

どうしようもない。死を避ける方法など、魔法の世界でなければあり得ない。

ジェスがハッと顔を上げる。考えていることは分かった。キルトリン家の黒いリスタを、また着服しようというのだろう。

〈ダメだジェス。これ以上、俺のために自分を困らせるな〉

――でもこのままでは、豚さんは死んでしまいます
〈ああ。短い間だったが、楽しかったよ〉

――そんな！　私と一緒に王都へ行くんじゃないんですか！

〈忘れてくれ。ジェスはジェスの用事を済ませればいい。俺の用事は気にするな〉

――違うんです……本当は、そういうことじゃないんです……

何を言っているんだ。

――あの……私まだ、豚さんに裸だって見せてません。ここぞというときまで取っておけって、豚さんはそう言っていたのに……

〈眼鏡ヒョロガリクソ童貞の戯言《たわごと》だ。許してくれ〉

眠くなってくる。失血して、脳に酸素が回らなくなっているのだろう。遠のく意識のなか、美少女に看取《みと》られて死ぬ。幸せじゃあないか。

――お願いです……私を独りにしないで……


音や光は、白い靄《もや》に覆われている。だがジェスの悲痛な願いだけは、俺の意識に届いていた。

しかしその願いも、すぐ絹糸のようにほどけてしまう。

夢心地の中、思い出す。男の袋が俺を打ったこと。袋の中には硬い石が入っていたこと……。

今さら詮のないことを。

最期《さいご》にジェスを見ようと、目を閉じて全意識を眼球に集中させる。ただ食中毒で死ぬより、ずっと楽しい死に方だ。美少女に看取《みと》られるのだ。最高じゃないか。

最期《さいご》の景色を見るため、パッと目を開く。

そこにはただ、暗い草原が広がっていた。

第二章

イケメンは十中八九ゲス野郎

the story of
a man turned into
a pig.

薄暗い森の中。木々の隙間から日が差し込んでいる。角度からして、まだ早朝だろう。周囲を鬱蒼《うっそう》とした低木に囲まれた秘密基地のような場所で、俺は目を覚ました。

腹に重みを感じる。金髪の少女が、俺を枕にして寝ているのだ。

ゆっくり四足で立ち上がる。ジェスの頭が俺の腹から滑り落ちて、木の板にごつんと当たった。遠出のためか、今までよりも軽やかな印象の、水色のワンピース姿だ。

「にゃふん……」

意味不明な声をあげて、ジェスが頭を手で押さえる。

〈あ、悪い……〉

そう伝えながら、俺はこうなるまでのことを思い出す。豚になって祭りで踊り、美しい月夜にジェスと再会し、あの男を倉庫に閉じ込めて——

ジェスは俺を見て、頭を撫《な》でてくれる。

「よかった。起きてくれましたね、豚さん」

ふっと表情筋を緩めるような笑顔。だが顔色が悪く、髪は乱れ、長い髪が数本、汗で顔に貼り付いている。おいおい、どうした。

身体《からだ》を見る。コルセットはしておらず、ワンピースは縒《よ》れて、手が擦れて赤くなっている。自分の寝床を確認する。大きな板に、木に鉄を巻いて作った簡単な車輪のようなものが付いているだけ。長い丈夫そうな紐《ひも》が垂れている。周囲は森。ここまで俺を引いてきたというのか。

〈ジェス、お前大丈夫か〉

「大丈夫ですよ。豚さんが一緒ですから」

どう見ても大丈夫ではなさそうだが……。

思い出す。そうだ、俺は刺されたんだ。

〈黒のリスタ。使ってくれたのか〉

「はい。倉庫の外に、袋が落ちていたんです。確かに残量はごく少量でしたが、いくつか組み合わせれば、きちんと使えました」

意図していなかったことだ。男がリスタの入ったあの袋を武器にしてくれたのは幸運と言う他ない。

〈ジェス、本当にありがとう。おかげで命拾いした〉

「いいんです。私がやりたくてやったことですから」

ジェスは微笑《ほほえ》んで俺を撫《な》でる。照れてしまいそうなので、地面を見て問う。

〈男を捕らえたという書き置きは残したか？〉

「はい。証拠になると思い、残りのリスタもすべてお屋敷に置いてきました」

素直というか……役に立つだろうから、いくつかくすねてもよかっただろうに。

まあ、それをしないのがジェスの美点なのだろう。

「別に、そんなことは……」

ジェスはそう言って目を逸《そ》らす。地の文なので、注意しましょう。

「あっ、ごめんなさい」

〈いいんだ。次からは気を付けてくれよ〉

「はい」

本当に、素直でいい子だと思う。これほど天使や女神という言葉が似合う女性は、なかなかいないだろう。自己中心性というものをほとんど感じさせず、常に優しく、清廉潔白であろうとするその性格。そうした内面の美しさがすべて、その可愛《かわい》らしい顔から、細い指先から、溢《あふ》れ出《だ》してくるようだ。

ジェスを見ると、頬を赤く染めて下を向いている。頑張って地の文を無視しようとしているのだろう。いじめるのも、これくらいにしておこう。

〈それにしても、本当に助かった。祈禱《きとう》してくれたおかげで、脚も治ったみたいだしな〉

少し歩いてみるが、祭りで台から落ちたときの怪我《けが》も全快しているようだった。

うう、黒歴史を思い出してしまった。

　ジェスは顔を赤くしたまま、口を押さえて笑いをこらえている。

〈何だよ。全力のダンスだったんだ。笑うのは失礼だぞ〉

「ごめんなさい、でも、おかしくって……」

　やつれた姿より、笑っている姿を見ている方がこちらとしても嬉《うれ》しい。非礼は許してやることにしよう。

〈それで、ここはどこだ？〉

「森の中です」

〈いや、それは知っているが……〉

　ジェスはおかしそうに笑う。

「ごめんなさい。ここは、キルトリの北東にある『暗黒林地《あんこくりんち》』を通る道の近くです。この道を抜けると、多分、いくつか小さな村があるんだと思います」

〈なんだか自信のなさそうな言い方だが……それで王都へ行けるのか？〉

「はい。北へ北へと行けば、いずれ王都が見えるはずです。王都は、目立つ高い山にあって、一目見ればそれと分かるとのことですから」

〈……もしかすると、行ったことないのか？〉

「大丈夫です。きっと、辿《たど》り着《つ》きます！」

　辿《たど》り着《つ》かない可能性があるみたいな言い方だな……。

〈そうか、じゃあ腹も減ってきたし、出発するか。十分休んだか？〉

「はい！」

ジェスは両手を握ってガッツポーズをしてみせる。しかし、その顔は疲れを隠せていない。

〈参考までに訊《き》くが、村にはどれくらいで着くんだ？　ここはキルトリからどれくらい離れてる〉

「多分、あと二、三ときで着くと思います。もう半分以上来ましたから」

〈「とき」っていうのは、どれくらいだ？〉

「あっそうですね……一日を二四に分けたうちの一つが、『とき』です」

「時間」と同じというわけか。しかし、想定していた答えが聞けてよかった。簡単な算数をすれば導き出される事実。ジェスは俺を台車にのせ、きっと三時間以上歩いている。重い荷物だったろうから、もっとかかっているかもしれない。見たところ今は日の出から一時間ほどしか経《た》っていない。俺が刺されたのはもう真夜中になろうという頃だった。つまり、ジェスは歩き通しで、ほとんど寝ていない。

自分の体格を意識してみる。目線はジェスの太ももあたり。背中はもう少し高いはずだ。

〈ジェス、俺の背中に乗ってみないか〉

「えっ？」

優しい子だから、普通に頼んだところで頑《かたく》なに歩こうとするだろう。だが俺にはもう、この優しすぎる少女の扱い方が分かってきている。

〈可愛《かわい》い生脚の女の子に馬乗りになってもらうのが、小さい頃からの夢だったんだ〉

〈この道をまっすぐでいいんだよな〉

「ええ……あの……多分……大丈夫です……」

ジェスを背中に乗せてまだ三分。ジェスの声は、どこか苦しそうだった。

〈どうした、気分が悪いのか〉

「いえ……えっと……豚さんに乗せてもらうのは……初めてなものですから……その……擦れて……くすぐったくて……」

何が擦れているのだろうと考えて、気付き、焦《あせ》る。

〈ちょっ、いやいやいやいやいや！　何やっとんねん！　座り方あかんわ！〉

慌ててお座りの体勢をとり、ジェスを地面に下ろす。

「座り方……ですか？」

〈そうだ。いや……すまない、俺の配慮が足りなかった〉

ジェスと向き合う。純真な美少女が、股間を押さえて、息を整えている。ああ、本当に申し訳ないことをしてしまった。女性、しかもスカートの女性に跨《また》がってもらうときには、もしそんなシチュエーションが存在すればの話だが、細心の注意が必要なはずなのに。

「いえ、別に、耐えられないほどではないので……ただ、ちょっと変な感じがして……」

やめろ！　頼む、やめてくれ！　そんなエロ同人みたいなセリフで、俺と少女の幸せな時間を汚さないでくれ！

〈そうだな、もっと手の方に体重をかけて、乗ってみてくれ。豚は土を掘る動物。背筋《はいきん》は見ての通りかなり強いはずだ。思いっきり手に体重をかけて大丈夫だからな〉

ジェスを乗せて、再び歩いてみる。

〈どうだ？〉

「あの……まだ背骨が……んっ……」

慌てて止まる。この純真な少女に初めてを教えるのは、豚の背骨であってはならない。そんなことが魔法使いにバレたら、きっと人間ではなくカムジャタンにされてしまう。

〈じゃあもっと後ろに座るんだ。もも肉のすぐ手前。脚で俺をしっかり挟め〉

ジェスはもぞもぞ動いて、俺の言う通りにする。歩き始める。

「あ、本当ですね……これなら大丈夫です」

間一髪。これでようやく――と思ったところで、足がすくんで動けなくなる。

「どうしたんですか？」

〈おい……あれは何だ〉

右前方、木立の中に、体高二メートルはあろう奇妙な獣がいた。黒い毛むくじゃらの胴体から、やたらと細長い四肢が生えている。コンドルのように禿《は》げた長い首には不釣り合いに小さな頭が付いていて、一対の大きな黒目でこちらを見つめている。コウモリのような耳。豚のような鼻。何より奇妙なのが、一定のリズムを刻むようにして身体《からだ》を大きく左右に揺らしていることだ。それでも首は一点から動かさず、じっとこちらに向けられている。

壊れた振り子時計のように身体《からだ》を動かし続ける謎の獣。恐ろしくて、動けなかった。

「豚さん、あれを見たことがないみたいですね」

〈もちろんだ……何なんだ、あいつは。俺たち、狙われてるんじゃないか？〉

筋肉の緊張を感じ取ったのか、ジェスは背中を撫《な》でてくる。

「大丈夫です。あれは、ヘックリポンという動物ですよ」

どこかで聞いたな、と思ったが、あれだ。リスタ店のキリンスが、俺のダンスを見て「怪我《けが》したヘックリポンみたい」などと評していたんだった。

「通り過ぎて大丈夫ですよ。何もしてきませんから」

本当か？　まあしかし、ジェスにもここで嘘《うそ》をつく理由はないだろう。言われた通り、無視して通り過ぎる。ヘックリポンは俺たちを注視していたが、何もせず、元いた場所から一歩も動かなかった。

しばらく無心に進んでから、訊《き》く。

〈あんな動物、俺のいたところでは見たことがないんだが……〉

「そうなんですね。メステリアでは、ごくありふれた生き物ですよ」

〈あれがか？〉

ここでは植物も動物も概《おおむ》ね見覚えのあるものだったから、てっきり生き物はすべて俺のいた世界と同じなのかと思っていたが、どうやらそうでもないらしい。

「ヘックリポンは、暗黒時代が終わったあたりから急に現れ始めた動物らしいですよ。植物や屍肉《しにく》を食べて、決して動物を襲わない、優しい生き物です。身体《からだ》を揺らすおかしな習性があるので、奇妙な噂《うわさ》は絶えませんが……それでも、ヘックリポンが動物を襲うところを見たと言う人には一度もお会いしたことがありません」

〈そうなのか。奇妙な噂《うわさ》っていうと？〉

「地域によって、色々な言い伝えがあるんですよ。ヘックリポンを平和の使者だと言う人々がいれば、凶作の前兆だと言う人々もいますし、ヘックリポンが幸運をもたらすと伝わる地域もあれば、ヘックリポンに遭うと不幸になると言われている地域もあるそうです。だから、結局ヘックリポンは何もしていないんでしょうね」

〈なんだか楽しそうに話すんだな〉

「はい、歴史や民話が大好きなんです！」

〈そうなのか、それは意外〉

「お客様のお相手をするときに教養がないと無礼に当たるということで、キルトリン家の当主様からメステリアの歴史に関する分厚い本をお借りしていたんです。読んでいるうちに、面白くなってしまって」

〈いいことじゃないか〉

「そうですか？　誰にも言っていなかったんですが……趣味を褒められると、なんだか嬉《うれ》しいです」

変な奴《やつ》だな、と思う。趣味をいいことだと言っただけで喜ぶなんて。

「豚さんにも、何か趣味があるんですか？」

日常系アニメを見て美少女にブヒブヒ言うこと、だなんてとても言えない。

〈読書かな。あと最近のマイブームは、雑草の食べ比べ〉

「きれいな女の子の登場する物語がお好きなんですか？」

いやだから、地の文を読むな。

〈ミステリーって分かるか。謎を解く話が好きなんだ。物語にちりばめられた些細《ささい》な証拠から、ある一つの意外な真実に辿《たど》り着《つ》くような話が〉

「そんな読み物があるんですね！　私も読んでみたいです！」

〈メステリアにはないかもしれないけどな。先も長そうだ。道中で話してやるよ〉

「本当ですか！　楽しみです」

　こうやって話していると、ジェスも普通の女の子だと分かる。名家に仕えていたり大変な仕事をこなしたり心が読めたりやたら優しかったりしているが、俺の知っている女子高生と大して変わらない。

「……いや、嘘《うそ》をつきました。中高と男子校で、およそJKと呼べるような生き物と関わったことはありません。お詫《わ》びして訂正いたします。

「もしかすると、豚さんが色々なことに気付いてくれるのは、そのミステリーというのを読んでいるおかげなんですか？」

〈そうかもしれないな。まあ、細かいことが気になってしまう悪い癖のせいでもあると思うが〉

　眼鏡クイッ。

「じゃあ、豚さんに隠し事はできませんね……」

　ジェスの声のトーンが下がる。

〈いや別に、隠したいことがあったら隠してもいいんだぞ。ジェスが括弧のない俺の独白をスルーしてくれているのと同じように、俺だってジェスの知られたくないことは詮索しない。人にはプライバシーってものがあるからな〉

　俺と出会うちょっと前に黒のリスタを買っていながら、そのことを俺に話さなかった理由。この旅に出ればもうキルトリン家には戻らないのに、それを「ちょっとしたおつかい」だと誤魔化した理由。まあ他にも色々あるが、どれも俺が知らなくていいことなのだろう。

「あの……私、話します」

〈何をだ？〉

ジェスの手が、俺の背中で少し動いた。

「この旅が、片道である理由です」

〈この旅が片道である理由って……つまり、王都に行ったらキルトリン家に帰らない理由か？〉

「ええ、まあそうとも言えますが……」

〈どこか他の家に仕えるのか？〉

「いえ、そういうわけじゃないんです」

どういうことか。ジェスは考えをまとめているようなので、俺の方でも考えてみる。「おつかい」が嘘《うそ》だと判明した今となっては、いっそ王都が目的地かどうかも怪しい。俺が王都へ行かなければ人間に戻らないと分かって、俺に気を遣わせないために嘘《うそ》をついた可能性もある。ジェスならばやりかねない。あのときは運命だということで片付けたが、やはりどうも虫が良すぎるのだ。その場合……ううむ……いや、この世界には、俺の知らないことが多すぎる。ジェスの旅の目的など、今の俺には推理不能だ。

「王都には、行くんです。本当です」

何を話して何を話すまいか、ジェスは頑張って選んでいるようだった。信じよう。

このタイミングで王都へ行くことになっていたのが嘘《うそ》でないとすると、俺とジェスの出会いは本当に運命的だったことになる。それはいいとしよう。俺も本望だ。ブヒブヒッ。

では、旅の目的は？　他の家には仕えない。それなら、ジェスは何をしに行く？

そこで、違和感の一つを思い出す。諸君にも変だと思った者がいるかもしれないな。昨晩、ジェスは俺を治療した後、俺の覚醒を待たずに農場を出発した。そして森の中を、おそらく三時間以上歩いている。寝ている俺を、重い豚を、台車にのせて引いてまでして。

これは急ぎの用事なのか？　いや、ジェスは朝に出発する手筈《てはず》だと言っていた。夜中に急いで出ることはないだろう。じゃあ、ジェスは何かから逃げているのか？　逃げているとしたら、何から？　倉庫に閉じ込めた、あの刀傷の男から？　いや、それは考えにくい。

王都には行く。他の家に仕えるわけではない。そして、何かから逃げている。

逃げている……裏路地で聞いた「イェスマ狩り」という言葉を思い出す。

――雇用中のイェスマ殺しなんざやってくれるはずがねえ
雇用中。ということは、雇用されていないイェスマなら殺されうるわけだ。

おいおい待ってくれ。今のジェスは、雇用されていない状態なのではないか？　危険かもしれない森の中にいるのに、キルトリン家の紋章付きコルセットだって着けていない。

…………。

待て、ジェスには俺に話したくない理由があったんだ。だから、詮索するのはよくない。嫌な可能性は浮かんでいるが、言語化するのも恐ろしい。やめよう。

ジェスの手の指が、俺の背中を少し強く握った。

「豚さん、あの……私の話を聞いても一緒に王都まで行ってくれるって、そう約束してくれますか？」

〈もちろんだ。そうでもしないと、俺は一生豚として生きていくしかないからな〉

「そうでしたね……覚悟を決めました。私、話します」

〈そうか。俺も覚悟を決めた。何を聞いても怖《お》じ気《け》づいたりしない。安心しろ〉

ジェスは何回か、息を吸って吐いた。

「私、王朝へこの身を捧《ささ》げに行くんです。そうでない場合は、道中で死にます」

は？

「イェスマの宿命です。メステリアでは、一六になったイェスマは仕えている家を出て、自力で王都へ出向する決まりになっているのです。大半は道中で命を落とします。王都へ辿《たど》り着《つ》いたイェスマは一生、元の場所に戻ることはありません」

は？

ジェスの声から、柔らかさが失われていた。落ち着け、俺。

〈……王都に着いたら、何が待ってるんだ〉

「誰にも分かりません。王都は、世間から完全に隔絶されているため、誰も内部の様子を知らないんです。ただ……色々な噂《うわさ》がありますが、どの説も、試練を乗り越えたイェスマは丁重に扱われるという点では共通しています。私は、死ぬまで王都でお仕えするという説が一番有力だと思っています」

　言葉がなかった。

「豚さんは、私がどうして逃げるようにお屋敷を離れたか、疑問に思っていますよね。お答えします。私のしている銀の首輪……これにはとてつもない魔力が注《そそ》ぎ込《こ》まれており、大変高く売れるんです。この首輪は魔法で守られていて、首を切り落とさない限り外すことはできません」

　背中のジェスを横目で見る。首で鈍く光っている、黒ずんだ太い銀の首輪。継ぎ目はなく、無理やり変形でもさせない限り、外すことはできないように見える。

「そして骨など……イェスマの身体《からだ》そのものも、安くない値段で売れます。私は、王朝からキルトリン家に手切れ金が支払われ、キルトリン家の小間使いではなくなったその瞬間から、イェスマを殺して稼いでいる〝イェスマ狩り〟に狙われる立場になるということです」

　言葉が出ない。ジェスは一回深呼吸をする。

「もちろん、キルトリン家のみなさんは優しい方々ですから、私を売ってお金にしようだなんて思わないでしょう。しかし私は、キリンスさんに今日が旅立ちの日だと話してしまいました。

キリンスさんもとてもいい方で、私を売るはずはないのですが……情報はいつどうやって広まるか分かりません。だからできるだけお屋敷から離れて、森に隠れていたんです」

いったいどうなってんだ、この世界は。

「豚さん……やっぱりダメですか？」

ジェスの声は震えていた。手も震えているように感じる。男よ。しっかりしろ。

〈……ダメなもんか〉

ジェスの震えが止まる。

〈そんな女の子を、誰が放っておくってんだ。こんな歪《ゆが》んだ世界で、ジェスみたいな優しい子が傷つくのを黙って見ていられるわけがないだろう。一緒に王都まで行こう。俺はただの豚──剣も魔法も使えないが、知恵の限りを尽くしてジェスを守る。ずっと一緒だ。ジェスが王都に着くまで、こうやって股の下にぴったりくっついててやる〉

ジェスの返事を待つ。カッコいいことを言おうとして、滑ってしまっただろうか。

「……お手洗いに行くときは、離れてくださいね」

ジェスはそう言って、少し笑った。

なんて強い子なんだ、と思った。昨日俺と一緒にいたとき、残酷すぎる運命を前にしながら平気そうに笑っていた。そうやって、秘密を俺から隠し通した。俺が逃げてしまうかもしれないと思って。ジェスの運命から、恐れをなして逃げ出してしまうと思って。

いや、違う。

〈俺が昨日豚小屋に現れた理由……分かった気がするよ〉

「本当、ですか……？」

ジェスの声はどこか、不安げだった。

〈ああ。これはジェスだけじゃない、俺の運命でもあるんだ。ジェスと一緒に王都まで行って、人間に戻してもらう。そういう運命を辿《たど》るために、俺はジェスが旅立つ前日に豚小屋に現れたんじゃないのか〉

ジェスの手から力が抜けた。

「……はい」

〈俺たちは運命共同体だ。少なくとも、王都までは、ずっと一緒だ〉

「……はい！」

ジェスは鼻声でそう言って、啜《すす》り上《あ》げる。

俺は決意した。王都に着くまで、俺はジェスの頼れる相棒であり続けることを。

決して――――を、ジェスには悟られまいということを。

この森にイェスマ狩りは来ないだろうということだったので、ジェスは俺の背中で伏せさせて、寝かせておいた。ジェスは干された布団《ふとん》のように、俺の背中に頬やら胸やらを密着させている。俺はジェスから教わった通りに一本道を歩き続ける。

ジェスは相当疲れていたようで、俺の背中の揺れでも目を覚まさなかった。

ジェスが寝ている間、俺の脳内は自由になる。いやらしい妄想をする絶好のチャンスだが、到底そんな気分にはならない。これから俺たちが立ち向かわなければならないイェスマ狩りなる奴《やつ》らについて対策を練るべきだ。

名前がついているくらいだから、そいつらは一六になって王都へ向かうイェスマを狩る専門家なのだろう。すると必然的に、奴《やつ》らの仕事場は王都周辺ということになる。イェスマは様々な場所から来るが、必ず王都周辺を通るのだから、王都の付近で待っているのが手っ取り早いはずだ。だからこそジェスは、王都から遠いこの森が比較的安全だと踏んだのだ。この旅は、ゴールである王都が近づけば近づくほど、どんどん危険になっていく。

イェスマ狩りは、イェスマの通りそうな場所をチェックしているに違いない。だから俺たちは、イェスマがいかにも通らなそうな道を通ればよい。また、イェスマの証《あかし》となる銀の首輪も問題だ。首輪は魔法で守られていて、首を切断でもしない限りどうやっても取ることができないという。ジェスには早急に、銀の首輪を隠してもらう必要がある。

だが、この程度であれば少し賢いイェスマなら思い付くだろうし、イェスマ狩りも想定しているだろう。それに対してさらにどう対処するか、というのが命運を分ける気がする。

ジェスの武器は、歴史の知識と考える豚。そしておそらく、ちょっと豊かな手持ちの金。まあそれくらいだろう。

これを最大限に活《い》かして、俺たちは理不尽な運命に立ち向かわなければならない。そして無事王都に辿《たど》り着《つ》き、偉大なる王とやらを小一時間問いただしてやるのだ。なぜイェスマたちに、ジェスに、こんな過酷な試練を課しているのか。どうして平和に生きることを許してやらないのか。こんな社会を築いておいて、罪悪感はないのか、と。

これまでにないほど、俺の血は使命感に燃えていた。肝臓もしっかり加熱されていることだろう。背中で眠っている罪のない少女のために、できることはすべてしてやる。

考えろ豚。時間はまだある。

二時間ほど歩いただろうか。俺たちは小さな村に着いた。こぢんまりとしたログハウスが狭い通り沿いに並んでいるだけだが、店が何軒かあり、人もちらほらいた。森を切《き》り拓《ひら》いてつくった村のようで、家々の背後には高い針葉樹が迫っている。そのためか、どこか陰気臭い印象だ。昼時だが、曇っているので薄暗い。

俺はジェスを起こして、村に入った。

〈ジェス、スカーフみたいなのは持ってるか〉

俺の問いに、ジェスは革製のカバンを探ってみせる。

「えっと……ないですね。どうしてですか？」

〈ジェスの銀の首輪。それはイェスマのアイデンティティーなんだろ？　隠しておけば、イェスマだとバレずに、狙われにくくなるんじゃないか〉

「確かに……その通りです」

おいおい、大丈夫かよ……。

〈金はあるんだよな。リスタを買わなかったから、二〇〇ゴルトくらいは〉

「ええ、おかげさまで」

〈スカーフは、そんなに高くないよな？〉

「ええ、せいぜい三、四ゴルトだと思います」

〈買わないか〉

「はい！」

ジェスはなんだか嬉《うれ》しそうに、周囲をキョロキョロし始める。

「あ、ありました！　服飾店です。行ってみましょう」

そう言って、とっとと歩き始めてしまう。俺は店の前までついていくが、立ち止まる。

〈なあ、俺が店に入って大丈夫なのか？〉

「平気です。ほら」

そう言っている間にも、土に汚れた男たちが店へ入っていく。大きな白い犬を連れている。

「じゃあ行きますよ」

どうしてちょっと楽しそうなんだ、と思いながら、ジェスについて店へ入る。

店の中は、明るい色の木材を基調とした内装で、暖色系のランタンの光が心地よい。現代日本のような極彩色ではないが、自然な色合いの衣類がバリエーション豊かに陳列されている。

――ありましたよ、スカーフ！

ジェスは窓辺の棚を指差す。粗削りな木製の胸像が置いてあり、首に布を巻いているので、ファッションとは縁遠い俺にもここがスカーフ売り場だと分かった。

――どれが似合うと思います？

ジェスはキラキラした目で商品を見ている。一六歳の女の子だな、と感じる。

〈首に何かを巻いていると遠目にも分かるようじゃ、首輪を隠そうとしているイェスマだとかえってアピールすることにもなりかねない。肌の色に近いのを選ぶのがいいんじゃないか〉

――あ、そうですね、ごめんなさい……

ジェスは我に返ったように、自分の肌と生地を見比べる。

………。

ああ、もう。これだからオタクは。せっかくジェスが楽しそうにしていたのに、雰囲気がぶち壊しじゃないか。こういうとき、諸君ならどうする……？

〈いや、待て〉

そう伝えてから、理屈を考える。

〈肌の色に近いスカーフなんてしてたら、近くで見たときむしろ怪しいな。訂正だ。ジェスに一番似合うものを選ぼう〉

——そうですか？　じゃあ、豚さんが選んでください！

ふう。ようやく俺の真価を発揮するときがきたか。彼女いない歴イコール年齢の眼鏡ヒョロガリクソ童貞。ここはチノパンとチェックシャツに関する豊富な知識を活《い》かして、一六歳の金髪美少女に似合うスカーフを選んでやろうじゃないか。

〈…………〉

——…………

どのジェスを想像しても、似合ってしまう。今の服装は水色のワンピース。青系のスカーフなら、遠目に見ても目立たないだろう。しかし同じ色では明らかにセンスがない。とすると……。

〈その薄緑のやつはどうだ。ちょっと青っぽい〉

——この、きれいな浅い湖のような色ですか？

そういう表現は、俺には一生できないだろうな。

〈そうだ〉

——どうでしょうか。似合います？

ジェスはスカーフを首の前に持ってくる。うむ。いいんじゃないだろうか。

〈似合ってると思うぞ〉

——わあ、ありがとうございます！　じゃあ、買ってきますね
ジェスはルンルンで店の奥へ行く。無事会計を終えて戻ってくると、俺を連れて店を出た。犬を連れた金髪の若者が、俺とジェスのことを見ている気がした。

店の外で、ジェスはさっそくスカーフをつける。

さて、スカーフを買ったのはいいが、俺もジェスも腹が減っている。ということで、真っ昼間から旅籠《はたご》へ立ち寄ることになった。この村では唯一の宿屋のようで、白い漆喰《しっくい》と暗い色の木材でできた立派な建物だ。パブが併設されている。

「あの、すみません」

ジェスの呼びかけに応じて裏から出てきたのは、五〇前後の太ったおばちゃんだった。赤毛がくるくるとカールしており、パンパンに張った頬がうっすら赤く、陽気そうな印象を受ける。

「あらお嬢ちゃん、こんにちは。その様子だと、長旅に疲れているみたいだね。腹が減ったろう」

「ええ、そうなんです……」

「セレス！　蒸したタオルと簡単な食事を用意しておくれ！」

「はい！　かしこまりましたです」

　高い声がして奥から出てきたのは、一二、三歳の、痩せた金髪の少女だった。銀の首輪。イエスマだ。ショートカットで、目が大きく、唇の色は薄い。ジェスよりももっと儚《はかな》げな印象だ。

　ジェスはにっこりとして、セレスにお辞儀をする。セレスは深々と頭を下げ、そそくさと奥の方へ消えていった。

「お嬢ちゃん、こっから谷を渡るにしても、キルトリへ抜けるにしても、次の街へ着く頃には日が暮れちまう。泊まっていったらどうだい。食事は一回三ゴルト。泊まってくならさらに一〇ゴルト。その豚の餌は二ゴルトで出してあげるよ」

「では、お願いします。一五ゴルトですね」

　ジェスはカバンをゴソゴソやって、支払いを済ませる。

　そうしている間にも、セレスが茶色い布きれを持って来た。湯気が出ている。

「こちら、どうぞお使いください」

　セレスがジェスに布を差し出す。

「お嬢ちゃん、顔を拭きなさいな。泥だらけで、せっかくのきれいなお顔が台無しだよ」

「これは……ご親切に、ありがとうございます」

　ジェスは受け取って顔を拭く。その様子を、旅籠《はたご》のおばちゃんはじっと見ていた。

　何か変だ、と思って、その目の動きを観察する。気付いたときには遅かった。

ジェスが首を拭くとき、スカーフの内側から銀の首輪がちらりと覗《のぞ》く。やれやれ、とでもいうように、おばちゃんの眉が上がった。

「キルトリから来たのかい？　イエスマのお嬢ちゃん」

〈おいジェス――〉

と伝えようとするが、ジェスは無警戒に「はい」と頷《うなず》く。

おばちゃんは口だけで微笑《ほほえ》む。

「そうかそうか、これから王都へ向かうのかい？」

「ええ、そうなんです」

あまりに無警戒すぎないか、と思ってハッとする。そうだ、ジェスは心を読むことができる。もしあのおばちゃんがジェスを取って食おうとでもしていれば、さすがに焦《あせ》るはずだ。

それでも、ジェスの能力を過信するわけにはいかない。信じがたいほどのお人好《ひとよ》しなのだから、相手の狙いを見抜いていないだけかもしれないのだ。事実、オタクが至近距離でジェスたそブヒィと言っていても、笑ってやり過ごしていた。警戒を緩めず、周囲を見回してみる。

出口らしきものは、さっき入ってきた玄関と、パブの入り口になっている扉。いざというときはどちらからも逃げられそうだ。あのおばちゃんの体格なら、追っては来られないだろう。こちらが武器や障害物として使えそうなものは――と見ているうちに、とんでもないものを発見してしまう。

イェスマの首輪。二本の剣が交差した状態で壁に飾られており、その交点に、剣を束ねるような形で銀の首輪がかかっている。

銀の首輪は、イェスマの首を切りでもしない限り外すことができない。ということは……

〈ジェス、逃げるぞ。壁に飾ってある剣に、イェスマの首輪がかかってる〉

俺の言葉に気付き、ジェスは俺の顔を見て、そして俺が向いている方に目を移す。

ジェスの目が、二本の剣と銀の首輪を捉えた。

ジェスは顔を青くして、すぐに逃げようとする——かと思えば。

——大丈夫ですよ
とだけ伝えてきた。そしておばちゃんの方を見て、神妙な表情をする。

「あちらは……どなたの首輪なんですか？」

おばちゃんの目が悲しそうな色をたたえる。

「あれは、イースというイェスマの首輪だよ。セレス……さっきの子の前任者で、ここで働いていたんだ」

おいおい、何がどうなっている。

「それは……残念です。イースさんは、どちらで亡《な》くなられたんですか？」

おばちゃんは手招きをして、ジェスをパブの一席に案内する。俺もわけが分からないまま、トコトコついていく。

ジェスが椅子に座ると、おばちゃんも向かいにどっしり腰を下ろし、ジェスをまっすぐに見て話し始めた。

「イースはね、実を言うと、旅に出なかったんだ。五年前のことだよ。あたしたちは修道院に、一六歳の誕生日を迎えたイェスマたちを匿《かくま》っていたことがあってさ」

「もしかすると、バップサスの修道院ですか？」

おばちゃんが目を見開く。

「知っておったかい。そうさ、この村がバップサスさ」

「そうでしたか……実は私、キルトリン家に仕えておりまして……そう遠くないところで起こった事件と聞いて、幼いながらも衝撃を受けたことを憶《おぼ》えています」

「おやまあ、キルトリン様のイェスマだったかい。それはそれは……」

セレスが、黒パンと野菜とチーズの盛られた皿、そして雑多な野菜のたくさん盛られた器を運んでくる。パンのある方はジェスの前に、野菜だけの方は俺の前に置かれた。ジェスがにっこりしてお礼を言うと、セレスはぎこちなく微笑《ほほえ》んでお辞儀を返す。

「セレス、キルトリン様のイェスマだってさ。そこにかけてな」

おばちゃんに言われ、セレスは俺のすぐそばに腰掛ける。スラリと白い少女の脚が、俺の目の前に。細いアキレス腱《けん》から柔らかそうなふくらはぎへと続く美しい曲線。膝の裏の皺《しわ》はほんのり桃色だ。ブヒブヒッ。

セレスが驚いた顔で俺の方を見ているのに気付き、いかんと思って瞑想《めいそう》を始める。思考を読めるのは、ジェスだけではなかった。イェスマという種族の特性だ。

俺は豚、俺は豚、俺は豚……。

ジェスは申し訳程度にパンをかじって、おばちゃんに訊《き》く。

「バップサスと言いますと、イースさんは焼けてお亡《な》くなりになったのですか？」

「いんや、イェスマ狩りに連れていかれたんだ。きっと殺されるまでに、酷《ひど》いことをされただろうねえ……」

「では、あの首輪は？」

「あれは、狩人《かりうど》の一人がイェスマ狩りから取り返したんだよ。この村の自慢さ。だからこそ、ああやって銀の紋章にして飾ってあるんだ」

「そうなんですね……」

よく分からないが、俺の知らないところで話が進んでいく。ただ、あの首輪が邪悪なものではなく、むしろジェスの安心する材料となっているらしいことは分かった。

暇だ。仕方ないので野菜を食べて待っている。泥の香りがするが、不快ではない。味覚も豚に近くなってしまったということだろうか。

セレスが俺のことを不思議そうに見ていることに気付き、俺はまた瞑想《めいそう》する。

草うめえ、草うめえ、草うめえ……。

しばらく会話が続いて、ジェスが修道院に行ってみたいと言い始めた。せっかくだから、現場を見ておきたいのだという。

おばちゃんは、きれいな泉があるからそこでついでに豚を洗っておいでと言った。さらに、昼時で仕事も少ないということで、セレスを案内に貸してくれるようだ。ジェスも食事を終え、俺たちは旅籠《はたご》を出て修道院まで歩くことになった。

修道院は村の外れ、少し山を登ったところにあるらしい。ジェス、セレス、そして一匹の豚という奇妙な一団は、段々畑の間を縫うように山の方へ向かう。

「あの……ジェスさん、その豚さんは、お友達ですか？」

先を歩くセレスが、振り返ってきて不思議そうに問う。

「はい。実は、一九歳の男の方なんですよ」

眼鏡ヒョロガリクソ童貞です。どうぞよろしく。

「えっ、人間……なんですか？」

「ええ、どういうわけか豚さんになってしまったようで……王都に着いたら、魔法使いの方に戻してもらおうと思っているんです」

「そうなんですね……私の脚を見て色々なことを考えておられたものですから、おかしな豚さんだな、と思っていたんです」

それを聞くと、ジェスは少し頬を膨らませて俺のことを見てくる。

「見境のない豚さんですね」

面目ない。今後はジェスの脚だけ見て生きることにする。

ジェスはクスクス笑う。その手には、近くで摘んだ野の花のブーケがある。

畑の間を歩いている途中、ジェスはバップサスの修道院について話してくれた。

一六になったイェスマをこっそり匿《かくま》っていた修道院は、ある夜に突然、激しく燃え上がってしまったのだという。原因はいまだ不明。あまりに急な火事だったため、何人ものイェスマが焼け死んだ。逃げ出したイェスマたちも、どこからか湧くように現れたイェスマ狩りたちに襲われ、姿を消した。五年前の話だ。

事態が明るみに出たとき、世の人々は、王都へ行くという義務から逃れようとしたイェスマたちに天罰が下ったのだと噂《うわさ》した。しかし一方で、匿《かくま》っていた村の人々は糾弾を免《まぬか》れた。いくら召使いの身分とはいえ、イェスマたちの過酷な試練に同情してしまうのは人として当然だからという理由らしい……。

ジェスは、そんな大事件の現場をその目で見て、花を供えたいのだと言った。

林道の入り口に着く。ここからは見えないが、もう少し歩けば修道院の焼け跡がある。そうセレスは説明してくれた。

そのときだ。後ろからガチャリと音がして、振り返る。

背の高い、金髪を短く切った若者が立っていた。歳《とし》は俺と変わらないか少し下だろう。きれいな二重の目で、鼻筋がすっと通っていて、目の覚めるようなイケメンだ。革のロングブーツ。薄手のベージュのズボンと胸元の開いた白いシャツに青磁《せいじ》色のチョッキ。腰には太いベルトを巻いていて、そこから短剣が二本ぶら下がっている。

「どこ行くんだセレス。女の子二人で、危ねえだろうが」

スカーフを買ったあの店で俺たちを見ていた男だと、俺はすぐに気付いた。

「ノットさん、こんにちはです」

セレスがペコリとお辞儀をする。

ノットと呼ばれた無愛想なイケメンは、スッとジェスを指差す。

「なあセレス、こいつは向都中《こうとちゅう》のイェスマだろ？　修道院まで観光でもさせに行くのか？」

「いえ、観光というか……お花を供えに行こうかと……」

横からのジェスの言葉に、イケメンの眼差《まなざ》しがジェスの持つブーケへと動く。奴《やつ》の視線は続いてジェスの顔へと移動し、止まった。睫毛《まつげ》の長い目が少し見開き、顔が赤くなる。

おいおい、思春期かよ……いくらジェスが可愛《かわい》いからって、一目《ひとめ》惚《ぼ》れとは情けない。なあ諸君。会ったばかりの少女にガチ恋なんて、あり得ないよな？

思春期イケメンはジェスに見返されると、眉根に皺《しわ》を寄せて目を逸《そ》らす。

「参拝のつもりか。それは結構。だがそのスカーフ、首輪を隠していることがバレバレだ。外せ」

気に障《さわ》るイケメンはそう言い放った。

「えっと……でも他にどうすれば……」

戸惑うジェスに近づき、イケメンはクリーム色の布切れを取り出す。

「これを着けろ。遠くから見れば、お前の肌と見分けがつかねえ」

「でも……近くで見られたら、むしろすぐに分かってしまうのではありませんか……？」

「遠くから一目で分からねえことが大切なんだ。お前のためじゃねえ、セレスに危険が及ぶかもしれねえから言ってんだ。言うことを聞いて、着け替えろ」

何様だお前、とでも言ってやろうかと思ったが、俺は所詮豚。何もできずに、ジェスがスカーフを外すのを見ているしかなかった。ノットとやらは図々《ずうずう》しくも、自分の手でジェスの首輪に布切れを巻き始める。

首輪に巻くための布がひょいと出てくるなんて準備がいいな、などと思っていたが、ふと、ある可能性に気付く。そうだ、そんな布を始終持ち歩いているわけがないじゃないか。そもそもこいつはこんなところまで何をしに来た？　服飾店でジェスがスカーフを買っているのを見て、後をつけてきたのではないか？

——豚さん、どうしましょう……

俺の思考を読んでいたらしく、ジェスが声に出さず伝えてくる。
〈こいつは武装していて、普通に戦えば敵《かな》わない。その場合……〉
セレスを見る。セレスは俺の意図に気付いたらしく、びくりと震えた。
――あの、ノットさんは大丈夫です！　とてもいい方ですから、信じてください
――そうなんですね、分かりました！
〈ちょっと待て、ジェス。信頼するのが早すぎる〉
そう伝えながら、ノットとやらが苦心して首輪に布を巻く様子を盗み見る。何を考えている
か分からず馴《な》れ馴《な》れしくて不快な奴《やつ》だが、危険な感じはそこまでしない。
〈……だが、疑ってかかるのもよくないな。ここは、俺の存在をこの男には内緒にしておこう。
俺がこいつを観察して、ジェスに危害が加わりそうだったらすぐに伝える。これでどうだ？〉
――いいアイデアですね。それでお願いします
〈セレスたそも、協力してくれるか？〉
――たそ……
〈信頼できそうだと思ったら、すぐに正体を明かす。だからセレスも、俺をただの豚みたいに
扱っておいてくれないか？〉
――そういうことなら、分かりましたです
そう伝えて、セレスはノットの方を向く。ジェスの首回りに顔を近づける彼を見て、セレス

はぎこちなく目を逸《そ》らした。ジェスはそれを見て、わずかに目を見開く。ふむ。

「これでいいだろ。修道院まで行くんだな？　俺が護衛してやる。来い」

そう言って、短剣をカチャカチャ言わせながら、ノットは先に行ってしまう。

「では、行きましょう」

セレスの言葉で、俺とジェスも後に続く。俺はしんがりだ。ジェスの脚を見ながら山道を登る。セレスたそと違い土埃《つちぼこり》が付いていたが、それでもきれいな肌だと思った。第二次性徴を迎えているからか、セレスたその細い脚よりも少し柔らかい輪郭になっている。どちらも素晴らしいと思うが、はっきり言ってしまうと、俺はこちらの方が好みだ。歩みを進めるたび、ふくらはぎの筋肉が周期的に形を変える。柔らかそうな肌が筋肉に合わせて伸び縮みする。よい。とてもよい。しかしまあ、動的かつ機能的な美という新たな観点からセレスたその歩く脚を鑑賞するのもまた一興だろう。筋肉の動きがジェスの脚より見やすいかもしれない。

——あの、豚さん、そのお考え、セレスさんにもだだ漏れですので……

ジェスにそう伝えられて、反省する。地の文ウォッチャーが二人もいると、まるで俺が変態であるかのような空気になってしまうな。異世界で生きるのも、なかなか難しいものだ。

修道院に着く。バップサスの修道院は、棚のように開けた山の中腹で、切り立った崖に沿うように建っていたようだ。「ようだ」と書いたのは、修道院はひどく壊れて、床と一部の壁しか残っていなかったからだ。石造りだったようだが、火事でここまで破壊されるのだろうか。

「さあ着いたぞ。お前――そういえば、名前を聞いてなかったな」

ノットの不躾《ぶしつけ》な言葉に、ジェスはお辞儀で応える。

「ジェスです。よろしくお願いします」

「そうか。ここに来て、何がしたい」

「えっと……まずは、建物を見てみたいと思っています。中には入れますか？」

「見ての通り、もう崩れる壁も残ってねえ有様《ありさま》だ。何もねえが、勝手に入れ」

「ありがとうございます」

俺はジェスについて修道院跡へ入る。脚ばかり見ていて気付かなかったが、ジェスは外したスカーフを左手首に巻いていた。邪魔そうだが、ファッションとしてはいいのだろう。それにしても、クリーム色の布を巻いている首輪は不格好で仕方がない。あのイケメンにはファッションセンスというものがまるでないようだ。まあ俺の言えたことではないし、あいつの場合は顔がいいだけに何を着ても格好がついてしまいそうなのが腹立たしいが。

ジェスは崩壊した石壁を左手で触りつつ、ブーケを持った右手を胸に当てながら、黙ってゆっくり歩く。この修道院、天井が全く残っていない。壊れて原形を留《とど》めない壁には、激しい炎に焼かれたような黒い跡や剝離の跡が残っているが、この石造りの修道院にそれほど燃えるものがあったのか、と不思議に思う。つい五年前、ここでジェスの同族たちが焼かれたのだと思うと、胸が押し潰されるような気持ちになった。

ジェスは壁の一角にブーケを供えて、しゃがんだままじっと目を閉じ、何かを祈った。

修道院跡を出ると、セレスとノットが待っている。

「気が済んだか」

ノットの問いに、ジェスは周囲を見回す。

「あの、この辺りに泉があると伺ったんですが……」

「なんだ、水浴びでもするのか」

お前は何を期待しているんだ。ゲス豚か？

「いえ、豚さんを洗おうと思って……」

「そういうことか。すぐそこにある。行こう」

と、そのときだ。

ノットが歩きかけた足を止め、チョッキの小さなポケットから小粒の赤いリスタを二つ取り出す。ジェスとセレスも立ち止まった。ノットは双剣の柄《つか》にそれぞれリスタを嵌《は》め込《こ》むと、留め具を外して柄《つか》に両手をかけた。

何をやっている。その剣でジェスを殺す気か……？　いや、それなら知り合いのセレスを遠ざけてからにするはずだ……しかし万が一に備えて……

俺がジェスとノットの間へ素早く移動すると、ノットが言った。

「セレス、ジェスと豚をここから動かすなよ」

そう言って、ノットは瞬《また》く間《たま》に抜剣。左手の剣を地面に思い切り突き刺し、右手の剣を素早く振り上げた。

バシュッバシュッと音がして、離れたところの地面から炎と土煙が上がる。そちらへ目を向けると、ヘックリポンが一匹、俊敏に跳《と》び退《の》いて炎を回避するのが見えた。ちょうどヘックリポンが着地したところに、ノットの右手の剣から出た三日月形の炎が矢のような速さで飛んでいく。

あらかじめ、ジャンプの方向を読んでいたということか。

ヘックリポンはカマドウマのように跳躍し、飛んで来た炎も回避する。その間にも、ノットは左手で剣を引き抜きながら地面を蹴って前進。左手を崖に向かって力強く振り上げて、ヘックリポンに向かっていった。

着地したヘックリポンに、岩と礫《れき》が降り注ぐ。ノットの左手の剣から出た炎が、崖を砕いていたのだ。砂埃《すなぼこり》に紛れて走っていたノットは、あっという間に、ヘックリポンのすぐそばまで接近していた。

最後、俺に見えたのは、赤く輝く二本の刃筋だけだった。

砂埃《すなぼこり》が消えると、ノットのそばにヘックリポンが倒れているのが分かった。禿《は》げたコウモリのような頭が切り落とされ、黒い胴体も大きく斬られている。

わずか一〇秒ほどの出来事だった。

ノットは剣を持った両手をダラリと下げて、こちらにゆっくり歩いてくる。刃《やいば》が炎のように輝き、滴《したた》るほど付着していたヘックリポンの赤い血が一瞬で煙となった。光が収まると、刃《やいば》は元の金属光沢を取り戻していた。ノットは短剣を二本ともしまう。

ジェスは口に手を当てて、目を丸くしてノットを見ている。

「驚かせて悪かったな、ヘックリポンは見たら殺すことにしてんだ」

ノットはそう言って、ジェスに暗い微笑《ほほえ》みを向けた。

完全にヤベえ奴《やつ》だと思った。ジェスによれば、ヘックリポンは気味が悪いだけで人畜無害な生き物。それを八つ当たりのように、しかしプロの手際《てぎわ》で瞬殺しやがった。

蚊を見たら絶対殺すマンは友人にもいたが、そういえばあいつも「飛んでいる蚊は手刀の風圧で弱らせてから足で思い切り踏み潰すんだ。そうすれば確実に殺《や》れる。手をパチンパチン叩《たた》いて潰そうなんて素人《しろうと》の考えることだね」などと言っていたっけ。刺されたならば瞬時に感知し、次の瞬間には潰れた蚊が肌に貼り付いているような手練《てだ》れだった。あいつは蚊によく刺される体質だったはずだ。憎しみは人を強くする。ノットは何か、人畜無害なヘックリポンに恨みでも抱いているのだろうか。

ノットは何食わぬ顔で、俺たちを泉まで案内した。旅館の大浴場くらいの泉だった。青く澄

んだ水が底から湧き上がり、絶えず水面を揺らしている。

ジェスはカバンから毛の硬い小さなブラシを取り出し、裸足《はだし》になって泉に入り、きれいな水で俺をブラッシングしてくれた。今は日本で言えば夏のような気候。程よく冷たい水が心地よい。ブラッシングの力加減も絶妙だ。諸君。裸になってすべてをさらけ出し、一六の少女に身体《からだ》を洗ってもらったことはあるか？　まあないだろうな。かわいそうに。畢竟《ひっきょう》、諸君は豚未満なのだ。

——豚さんには、お礼を言わなければいけません。私が寝ている間に、ずっと歩いてくれたんですから

そう伝えて、ジェスは俺の頭を撫《な》でる。

〈お互い様だろ〉

——私は逃げる必要があって、仕方なく豚さんを運んだんです。でも豚さんは違います。私が寝られるように——

〈それは違うな〉

——そうなんですか？

〈ジェスたその柔らかい太ももに挟まれたくてやったことだ〉

ジェスはフフッと笑う。

——じゃあ、そういうことにしておきますね

視線を感じて、俺はノットの方を見る。木に寄りかかって、ジェスの様子を気が抜けたように見つめている。おいおい、分かりやすいぞ。

ついでにセレスの様子も見てみる。セレスはノットから少し離れたところにポツンと立っていて、ノットの横顔に複雑な眼差《まなざ》しを向けている。セレスは俺の視線に気付き、すぐに地面に視線を落とした。

ふむ。面倒なことにならないといいのだが。


旅籠《はたご》に戻る頃には、もう夕方になっていた。結局、ヘックリポンを殺したこと以外、ノットはおかしなことをしなかった。セレスは仕事をするために、急いで旅籠《はたご》の厨房《ちゅうぼう》へ入っていった。

「なあジェス、夕飯を一緒に食べねえか。どうせ金もねえんだろ。俺が出してやるからさ」

旅籠《はたご》の外で、ノットは自然にそう切り出した。

「それは……ありがとうございます。でも、セレスさんに怒られませんか……？」

ジェスが訊《き》くと、ノットは不可解そうに眉をひそめる。

「どうして一緒に飯《めし》を食っただけで、あいつに怒られなきゃいけねえんだ？　ほら、入るぞ」

ノットはパブの扉を押し開けて入る。ジェスは小さく頭を下げて、後に続いた。

はあ。俺もこうやって自然な感じで女の子を食事に誘えればいいのだが。残念ながら、このイケメンに敵《かな》う見込みはゼロだ。この食事を妨害してやりたい気もしたが、俺にそんな権限はない。おとなしく、二人の食事に豚として付き合うことにした。

パブに入って、奥の席まで行き、半個室のような空間で二人は向かい合う。俺はジェスの席の横で、伏せて耳だけ立てていた。

「おやおやノット、来てたんかい」

旅籠《はたご》のおばちゃんがやって来る。

「ばっちゃん、久しぶりだな」

「狩りはどうだい、上手《うま》くいったのかね」

「上々さ。明日にはきっと、熊の肉を届けられるぜ」

「そうかそうか、さすがノットだねえ。鍋でも作ってご馳走《ちそう》してあげよう」

「楽しみだ。そしたらばっちゃん、ジェスにも食わしてやることはできねえか？」

ばっちゃんの足が、俺の目の前で不満げに外へ開く。

「分かってるだろう。向都中《こうとちゅう》のイェスマを長いこと置いとくわけにはいかないんだ。残念だけど、ジェスには明日の朝に出てってもらう。……それでいいんだったね？」

「はい。明日の朝には、王都へ向けて出発するつもりです」

「そうかよ。それならまあ、いいんだけどさ」

「ノット、狩るのは獣だけにしときな。お前さんが何を考えてるかくらい、あたしにも分かるんだからね」

「へえ」

「だってなんとなく似てるじゃないか？　あたしも初めて会ったとき、そう感じたよ」

「……うっせえな、ほっといてくれよ。ビールだ。ビールをくれ」

「二つかい？」

「……そうだな、二つ頼む」

ばっちゃんの足がいなくなる。しばらくすると、セレスたその足がやってきた。マグを二つ置く音。セレスたその細い脚を観察する前に、脚の持ち主は無言で去っていった。

「あ、あの……これは……」

ジェスが戸惑いがちに言う。

「なんだ、飲んだことねえのか？」

「ええ、お酒は初めてで……」

「ここのは美味《うま》いぞ。気に入らなかったら俺が飲む。一口だけでも試してみろよ」

「はい、ではお言葉に甘えて」

カチンと乾杯する音。ああ、俺はまだ飲んだことがないのに……浪人した二〇歳《はたち》過ぎの友人からビールは苦いと聞かされていたが、はたしてこちらの世界のビールはどうなのだろう。そもそも冷えていないだろうし、製法も違うだろう。味にはとても興味がある。でも豚が飲酒して大丈夫なのだろうか。肝臓の機能は人間と大して変わらないだろうが……分解酵素の強弱もあるだろう。アジア人がヨーロッパ人に比べて酒に弱いのは、遺伝的な要因のせいだ。人間の食えるネギなんかも、他の動物に食わせると毒になることがある。とすると豚の身体《からだ》で酒を飲むのは危険な賭けになりそうだな……。

そんなくだらないことでも考えていないと、心がもたない気がした。

ジェスはビールの味を気に入ったようだった。しばらくすると、ヘックリポンの話になる。

「ノットさんは、どうしてヘックリポンを殺したんですか？」

「あいつらは不幸を呼ぶ。だから殺した」

「この辺りでは、ヘックリポンは不幸を呼ぶと言われているんですね」

「そうだ。まあ、そうなったのはここ数年の話だがな」

「そうなんですね……」

セレスが来て、テーブルに食事を置いていく。セレスは俺の前にも食べ物を置いてくれた。しっかり洗ってある野菜と、小さなリンゴと、蒸した穀物のようなもの。きちんと気を遣って、人間らしい食べ物にしてくれたのだ。

〈ありがとな〉

俺が伝えると、セレスたそはしゃがんで俺と目を合わせる。ショートカットで、大きな目で、薄い唇。幼さが残る顔つき。金色の髪はさらさらとして細く、肌は薄くきめ細かい。儚《はかな》げな美しさをもつ少女だった。

――いえ、いいんです
セレスたそは俺を少し撫《な》でてから、厨房《ちゅうぼう》へ戻っていった。ジェスよりもずっと、何を考えているのか分かりづらい子だと思った。

「なあジェス、その豚は、ペットなのか？」

ノットの問いかけ。

「えっと……お友達です」

「そうか。やけに大切にするんだな。長いこと世話してたのか？」

「いえ、そうでもないんですが……その、運命を共にする豚さんなんです」

「運命……？　まあ、そういうこともあるだろうな、お前らイェスマには」

そうだろうな、俺はジェスの相棒だ。運命共同体とも言える。だから俺は、その役割に徹するべきなんだ。出しゃばるのはよくない。

それからしばらく、俺は心を押し潰しながら草を食っていた。


「あの、少し眠たくなってしまいました……」

食事が終わったようで、ジェスが言った。ノットは立ち上がる。

「そうか、部屋まで送ってやる」

「それは……ありがとうございます」

ジェスは立ち上がり、少しふらついた。すぐにノットが、無言で肩を支える。

〈おいジェス、大丈夫か？〉

俺が伝えると、ジェスはこちらを見て微笑《ほほえ》んだ。

――大丈夫ですよ、いい気分です
〈そうじゃない。この男は、ジェスを――〉

――心配いりません。ノットさんは、私を襲ったりしませんから
ノットに軽く肩を支えられたまま、ジェスは宿坊の方へ歩く。大丈夫と言うなら信じよう。

俺は少し距離を置いて、二人の後ろをついていく。ノットは部屋まで行くと、そのまま中に入り、ジェスをベッドに寝かせた。中は簡素な、狭い個室だ。光源は窓から差し込む月明かりだけ。ノットが部屋を出るまで、俺は外で待つことにした。

「ジェス。少し、付き合ってくれないか」

ノットが立ったまま言う。しかし返事はない。

「……寝たのか？」

「あれ？　……えっと、寝てませんよ、少し、ウトウトと……」

「そうか」

　ノットは何を考えているのか、扉のすぐ内側で立ったまま動かない。

　おい、変な気を起こすなよ。

　鼻を鳴らして急《せ》かそうとした、そのとき。ノットは俺の目の前で、内側から扉を閉めた。ガコン、と閂《かんぬき》のかかるような音がする。俺は廊下に取り残された。

　…………？

　鼻面《はなづら》で扉を押す。しかし閂《かんぬき》がかかっていて、外からは開かない。強めに突進してみるが、扉が喧《やかま》しい音を立てるだけだ。フンゴォと鳴く。それでも扉は開かない。耳を澄ます。無音だ。

〈ジェ――〉

　伝えようとしたとき、中からノットの声が聞こえた。

「――ース、胸を貸してくれ」

　続いて、ベッドの軋《きし》む音がした。

　え？　……は？

　思考がフリーズする。腹の中に、経験したことのないような不快感が瞬《またた》く間《ま》に充満していくのが分かった。まるで熱を帯びているような。細かく震えているような。

　何をすればいいのか分からなくなり、俺は後ずさって扉から離れた。そうだ、俺は何もしなくていい。ジェスは安全だ。「ノットさんは私を襲わない」と、そうはっきり言っていたのだから。ジェスを信じよう。俺はここに、いない方がいい。

走るようにして、俺は旅籠《はたご》を飛び出した。


夜中のことだった。扉の開く音で、俺は目を覚ました。

俺は閉め出された後、旅籠《はたご》の前の茂みに身を隠していた。怪しい輩《やから》が来ないか見張るためだ。

三〇分ほどでノットが旅籠《はたご》から出てきて、夜の闇へと去っていったので、それと入れ違いにジェスの部屋へ戻った。ジェスは平和に寝息を立てていた。ノットが何をしたのか、俺には知る由《よし》もない。あのクソ野郎がジェスの胸でどんなことをしたのか、正直、考えたくもなかった。

俺は部屋に入ってすぐ、ベッド脇の小さな隙間で、丸くなって眠ったのだった。

目が慣れてきた。暗闇のなか、そっと首を巡らせて、音のした扉の方を窺《うかが》う。半開きになっているが、誰も入って来ない。警戒心を強める。扉を開けたのは誰だ。

——豚さん。起こしてしまってすみませんです
セレスだった。細い首にのった小さな顔が、扉の向こうからちょこんとこちらを見る。

〈どうした、こんな遅くに〉

——ご相談があるんです。少し、お付き合いいただけませんか
〈分かった。どこに行けばいい？〉

――お外に出ませんか
〈あんまり、ここから離れたくはないんだが……〉

――大丈夫です。遠くには行きません
セレスに連れられて、旅籠《はたご》の外に出た。数え切れないほどの星々が空を飾っている。森に囲まれた村は、対照的にすべての光を吸い込むような暗黒だった。

手頃な草地でセレスが地面に腰を下ろしたので、俺も隣で地面に伏せる。

〈相談っていうのは何だ。豚にもできることか〉

セレスは何とも言えない顔でこちらを見てくる。

「はい」

〈言ってくれ。できるだけ力になる〉

「……明日の朝一番で、ノットさんに正体を明かしてほしいんです」

そんなことか、と思う。

〈どうせもうこの村には戻らないだろうし、問題ない。だが、わざわざ朝ノットに会いに行く意味があるのか？〉

「いえ、ノットさんに会いに行く必要はありません。ノットさんは早朝、必ずジェスさんに会いに来ます」

なぜだろう、と考えながら、少し前のことを思い出す。俺の目の前で扉を閉めて、ジェスと二人きりになったノット。胸を貸してくれと言って、ベッドに乗った年頃の少年。分別のある奴《やつ》だと思っていたが、俺の見ていないところでもしかすると、ジェスに覆いかぶさって……

セレスはしばらく、無表情で俺を見ていた。見つめ返す。目が大きくて、瞳に星が映って見えるようだ。よく見ると、右目の端に、小さな泣きぼくろがあった。月明かりの下、泣きぼくろがキラリと光る。

気が付くと、セレスの目から涙が落ちて、頬を伝っていた。

〈おい……どうした〉
一二、三の少女に目の前で泣かれて、俺はなす術《すべ》もない。
「やっぱり……ノットさんはジェスさんのこと……」

そしてセレスは、声をあげて泣き始めてしまった。戸惑っている俺に、セレスは上から抱きついてくる。彼女の細い胸骨が背筋に当たる。嗚咽《おえつ》がひっきりなしに続く。

ああ、と思う。俺が想像した内容は、セレスにも筒抜けなのだった。この恋する幼い少女には、隠しておくべきだったかもしれない。

「私、もう一三です」

泣きながら、セレスは俺に教えてくれた。

〈セレスは、ノットのことが好きだったのか〉

俺の問いに応じて、背中の上でセレスの頷《うなず》く動きが伝わってきた。

「分かっています。イエスマの私に、子供の私にそんな資格はないんです。でも……」

セレスはようやく俺から上半身を離した。

「でも、ノットさんには行ってほしくないんです」

〈行ってほしくない、っていうのは？〉

「ノットさんは、ジェスさんと一緒に王都へ行くつもりです」

〈……は？〉

「ノットさんは、ジェスさんのシャビロンになるつもりなんです」

〈シャビロン？　ちょっと待った、何のことだ〉

セレスは目から鼻からダラダラと涙を垂らしながら、言う。

「言い伝えがあるんです。無事王都へ入るイエスマには、ある条件があるそうです。それは賢くて勇敢な同行者、シャビロンの存在で……でもシャビロンは必ず、イエスマと一緒に姿を消してしまうといいます……永遠に」

なるほど。ノットは今の生活を捨てる覚悟で、ジェスと一緒に王都へ行くつもりなのか。世間から隔絶された、出口のない王都に。セレスはそれが嫌だった。だから、俺が正体を明かし、ノットに対して「もう同行者はいらない」と言うことを望んでいるのだ。

「豚さんも、ノットさんがシャビロンになるのは嫌ですよね。だって豚さんは――」

おい、言うな。

「豚さんは、ジェスさんのことがお好きなんですから」

その一言は、オタクな豚の心に刺さった。

〈……好きって一口に言ってもな、大人の世界には色々あるんだ。セレスは五年くらい前からここに仕えてるっておばちゃんが言ってたな。それならきっと、長い時間をかけてノットのことを好きになったんだろう？　そういうのはいいんだ。素晴らしいことだと思うし、叶《かな》うに値する想《おも》いだと思う〉

「豚さんの想《おも》いは、叶《かな》うに値しないんですか？」

〈しないな〉

「どうしてですか？」

〈俺とジェスは、つい昨日会ったばかりなんだ。親切にしてもらって、俺が勝手に好意を抱いた。ただそれだけのことだ。豚の分際でジェスを俺のものにしようだなんて、自分勝手がすぎる。ジェスはみんなに優しい。みんなに尽くしてくれる人だ。俺だけのものには決してならない。当然だ〉

ノットに心を許したのだって、ジェスがみんなに優しいからだ。ジェスのあの優しさは、決して俺だけに向けられたものではない。そのことについては、今さら何とも思うまい。伊達《だて》に一九年間童貞をやってきたのではないのだから。

すぐ近くでフゴフゴ音がして、それが自分の荒い鼻息であることに気付く。何を高ぶっているんだ。もちつけ。

呼吸を整えていると、セレスが俺の目を覗《のぞ》き込《こ》む。

「でも豚さんは、ノットさんがシャビロンになったら、嫌でしょう？」

〈そうかもしれない。でも俺の気持ちだけで、ジェスの旅路を邪魔することなんてできない〉

「え、でもそれじゃあ……」

セレスの大きな目が、再び潤み始める。

〈落ち着け、安心しろ。正体は明かしてやるよ。セレスのためにな〉

「そうですか……ありがとうです」

セレスは手で目をゴシゴシ拭いて、星空を見る。

「でも、私が何年頑張ったところで、ジェスさんに敵《かな》うことはなさそうですね。だってジェスさんは、会って一日もしないうちに……」

〈そんなことないぞ。セレスだって素敵な女性だ。すごく魅力的だし、俺が人間だったら今ここで襲いかかってるかもしれない〉

「あの、それはちょっと……」

ドン引きされてしまった。誤解だ。誤解です。

「……豚さんは、幼い女性がお好きなんですか」

〈いや、今のは失言だった。聞き流してくれ〉

セレスは控えめに笑う。初めて見た笑顔は、とても可愛《かわい》らしかった。
「でも、敵《かな》わないって分かってるんです。だってジェスさんは、似てますから」
似てるって、誰に——と訊《き》こうとして、記憶が一気に蘇《よみがえ》る。
——だってなんとなく似てるじゃないか？　あたしも初めて会ったとき、そう感じたよ
旅籠《はたご》のおばちゃんも似たようなことを言っていたよな。誰に似ているか。この文脈ではノットの身近な女性だと考える他ない。憧れの女性か、以前の恋人か。
俺にはピンとくるものがあった。諸君には分かるだろうか？
——驚かせて悪かったな、ヘックリポンは見たら殺すことにしてんだ
ノットの執拗《しつよう》な、ヘックリポンへの殺意。
——この辺りでは、ヘックリポンは不幸を呼ぶと言われているんですね
——そうだ。まあ、そうなったのはここ数年の話だがな
数年前からノットはヘックリポンを憎むようになった。あの会話からはそう読み取れる。
数年前、何があったか。
——五年前のことだよ。あたしたちは修道院に、一六歳の誕生日を迎えたイェスマたちを匿《かくま》っていたことがあってさ
——もしかすると、バップサスの悲劇。バップサスの修道院ですか？
バップサスの修道院の悲劇。火災とイェスマ狩りとで、多くのイェスマが命を落とした。

そのうちの一人の首輪が、旅籠《はたご》に飾られていた。
──あれは、狩人《かりうど》の一人がイェスマ狩りから取り返したんだよ。この村の自慢さ
おばちゃんとノットの会話から、ノットは狩人《かりうど》だと推測できる。ヘックリポンを殺したあの手際《てぎわ》。こっちの世界でも、相当優秀な部類に入るだろう。村の自慢にもなるはずだ。偶然にしては、上手《うま》く嵌《は》まりすぎている。

つまり。

ノットが恋していたのは、五年前に死んだイースというイェスマなのか？

こういうことだ。

ノットは小さい頃、旅籠《はたご》で働いていたイェスマのイースに恋をした。イースは一六になると、王都へは向かわずにバップサスの修道院で暮らすこととなった。しかし修道院が焼けてしまい、イースはイェスマ狩りに殺されてしまった。そのどこかでヘックリポンが集まるか何かしたのだろう。だからヘックリポンは村で不幸の兆《きざ》しとして扱われるようになり、ノットはヘックリポンに殺意すら抱くようになった。ノットはのちに、イェスマ狩りから憧れのイースの首輪を取り戻す……。

こう考えれば、今まで得た情報がきれいに嚙《か》み合《あ》ってくる。

「豚さんは、とても勘がいいのですね。そうです。ノットさんは、イースさんという方に恋をしていたのです。結局、その想《おも》いは叶《かな》いませんでしたが……」

〈イースには、会ったことがあるのか〉

「いえ、お写真を見ただけです。ノットさんはいつも、イースさんのお姿を焼き付けたガラスのペンダントをしているんです」

〈一途《いちず》なんだな〉

ジェスのベッドに潜り込んだ割には。

「ええ。それにノットさんの双剣は、柄《つか》の一部にイースさんの骨を使ったものです。ノットさんの執念が続く限り、双剣の炎はリスタを燃やして仇《かたき》を斬り続けるでしょう」

一途《いちず》さというよりは、執念か。ヘックリポンを殺したのは、憎しみの炎だったのか。

〈そうなんだな〉

「ノットさんの心に、私の入り込む隙間なんて、ないんです」

セレスは下を向く。話題を変えよう、と思った。

〈なあ、ヘックリポンは、どうして不幸を呼ぶと言われるようになったんだ？〉

「……多分、お考えの通りだと思います。火事のしばらく前から、修道院の周辺にヘックリポンが頻繁に現れるようになったそうです。害をなしたわけではないらしいのですが……村の人々はそれ以来、ヘックリポンが災いを呼ぶと信じるようになったと聞いています」

〈そうか、ありがとう〉

「……では、そろそろ帰りましょうか」

〈そうだな〉

俺はセレスたその脚を見ながら、旅籠《はたご》へ戻る。入り口の手前でセレスを呼び止めた。

〈なあセレス、最後に一ついいか〉

振り返ったセレスは、しゃがんで俺を見る。

「はい、何でもどうぞです」

〈明日の早朝、セレスもパブで待っていてくれないか。説得の手伝いをしてほしいんだ〉

「分かりました。もちろんお手伝いします」

〈よろしくな〉

「では、お部屋までご案内します」

そうしてセレスは、俺をジェスの部屋まで見送ってくれた。

ようやく独りになれた。これで策を練ることができる。

一緒にいた時間はわずかであるが、俺はジェスの考え方をある程度まで理解しているつもりだ。だから、セレスの恋心に気付いているであろうジェスが、俺がいなくともノットの同行を固辞するだろうことは予測できる。

俺の考えるべきことは、いかにしてジェスを説得するかなのだ。

ベッドの軋《きし》む音で、俺は目覚めた。薄目を開けると、窓から暁光《ぎょうこう》が漏れている。

「あの、豚さん、朝ですよ」

俺の背中を、ジェスがトントンと触ってくる。

〈んん……もう、そんな時間か〉

「昨晩は……その……失礼しました」

〈何がだ〉

少し意地の悪い言い方になってしまう。

「えっと……私、夕飯の後、部屋に戻ってすぐ眠ってしまって……豚さんを放っておいてしまったと思います。せっかくご一緒してくださっているのに、ごめんなさい」

〈気にするな。疲れてたんだろ、仕方のないことだ〉

「やっぱり、怒ってらっしゃいますよね？」

ベッドから出てきて、ジェスは俺と向かい合う。ワンピースに皺《しわ》がついているが、特に着衣の乱れはない。

〈なんで俺が怒らなきゃいけないんだ。ジェスがよく眠れたなら、俺は満足だ。体調はどうだ？　頭や……身体《からだ》のどこかが痛かったりしないか？〉

ジェスは少し不思議そうな顔をしたが、すぐ笑顔になる。

「大丈夫そうです。とっても元気ですから」

そう言って、胸の前でガッツポーズをする。

〈そうか……じゃあ、朝飯を食って、出発しよう〉

パブに入ると、先客が一人だけいた。ノットだ。寝癖のついた金髪イケメンクソ野郎は、脚を組んで窓際《まどぎわ》に座り、窓に頭をもたれかけ、大口を開けて眠っていた。

ジェスは厨房《ちゆうぼう》から朝食を受け取ってくると、ノットを起こさないように離れた席に座る。セレスがチラチラと、厨房《ちゆうぼう》からこちらを見ているのに気付いた。

このままノットを起こさなければ……そんな思考が一瞬だけ脳裏をよぎったが、俺は覚悟を決めて、わざとくしゃみをする。

「ブゴッグジュン！」

形容しがたい不快な音が俺の鼻を震わす。ガタリと音がして、ノットが飛び起きた。

ノットは目をこすり、こちらを見てくる。ジェスが振り向いて、二人の目が合った。

「あ……おはようございます、ノットさん」

ノットは応えない。ゆっくりと立ち上がって、こちらへやって来る。

ジェスのすぐ近くの席に、ノットはドサリと座った。

「なあ、ジェス」

ノットは咳払《せきばら》いを一つする。

「ちょっと考えたんだが、なんだ、その、俺もお前と――」

「あの！」

セレスがトコトコ走ってきて、ノットを遮った。

「ノットさん、お話があるんです」

「セレス……どうしたんだ？」

「その豚さんは、人間さんなんです」

ノットがポカンとする。セレスよ、お前は駆け引きが下手か。

「豚がどうしたって？」

「ジェスさんが連れているその豚さん、中身は人間さんなんです。ですよね？」

喋《しゃべ》ってください、とセレスの声が脳内で聞こえる。

〈あー、おはよう〉

ノットの方を見て伝えると、ノットはビクリとして俺を見る。

「今のはお前か？」

イエスマの能力は、ルーターのようにしても使えるようだ。

〈いかにも。豚だ〉

「怪しいな。ジャンプしてみろ」

俺は即座にジャンプする。ノットは途端に、顔を赤くした。

〈どうだ、信じたか〉

「お前……いつから……」

〈昨日初めて会ったときから、ずっと見てたぞ。ジェスに酒を飲ませてからもな〉

ノットは呆気《あっけ》にとられた様子で俺を見ている。耳が真っ赤だ。

セレスは必死で言う。

「ジェスさんにはもう、シャビロンの方がいらっしゃるんです。だから——」

〈だからノット、シャビロンの俺から頼みがある〉

「何だよ」

〈俺たちと一緒に、王都まで来てくれないか〉

「えっ？」

セレスとジェスが、同時に声をあげる。

「どういうつもりだ」

ノットの問いに、俺はテコテコ歩きながら答える。

〈お前の剣の腕、それにイェスマ狩りから首輪を奪い返した実績。ジェスが無事王都へ辿《たど》り着くためには、お前が必要不可欠だと思うんだ。だからお願いだ。王都の直前まで、護衛として同行してくれないか。どうせ、そのつもりでここまで来たんだろ〉

ノットは何が起きているのか見極めようとしているようで、口を開かない。

「豚さん……約束が違います」

セレスはひどく困惑した様子でこちらを見ている。

ジェスが言う。

「あの。私、ノットさんがいなくても大丈夫です。だって、豚さんが一緒ですから」

〈本当にそうか？　確かにあの刀傷の男は俺たち二人だけでも対処できたな。でもあれは脚が悪かったし、武器も技術もほとんどないようなものだったからだ。それでも俺は深手を負った。このまま旅を進めて、また襲われたときに無事でいられるなんて保証はない〉

ジェスは黙ってしまった。

——でもセレスさんが……

と、口には出さずに伝えてくる。

俺はセレスを見る。

〈セレス、他に客もいないんだ。自分の本心を、きちんと伝えてみないか〉

「えっ、そんな」

〈どうした、今言わなければ、ノットは行っちまうぞ〉

——豚さん、セレスさんにも、事情があるんです
〈知ってるさ。昨日の夜、本人から聞いたからな〉

ノットは眉間に皺《しわ》を寄せながら、俺たち三人を交互に見る。

「どういうことだ、セレス」

「あの……私……」

　頑張れセレス。もう後はないぞ。

「私、ノットさんに行ってほしくないんです。ノットさんのことが……好きだから」

　今まで見せたことのないような乙女の顔を、セレスはノットに向ける。

　ああ、羨ましいなあ、俺もこんなふうに、可愛《かわい》い女の子から告白されたい人生だった。

　まあ一生ないだろうけどな。

「セレス、お前……」

　ノットは頬を染める。五年前、ノットはセレスと同じくらいの年齢だっただろう。

「私にそんな資格がないことは分かっています。ノットさんが私のことを何とも思っていないことだって、知っています。それでも行ってほしくないんです。ノットさんがジェスさんと一緒に行ってしまって、もう一生会えなくなってしまうと思うと、胸が苦しくて……」

〈そうはさせないさ〉

　割り込んですまないな。しかし、俺はこれを言っておかなければならない。

〈ノットには、王都へ入る前に、絶対にこの村へ帰ってもらう。セレスが一六になったときこそ、ノットがシャビロンになるべきだからな。ジェスと一緒に消えるのは、俺だけだ〉

　セレスはこちらを見る。

「約束してくださいますか」

〈ああ、もちろんだ〉

「それなら……私にノットさんを引き止める理由はありませんね」

〈だそうだ。ジェス、どうする？〉

「私は……豚さんが必要と言うのですから、ノットさんには同行してほしいと思います」

〈じゃあノット、あとはお前が決めるだけだぞ〉

「……なんだよ、俺に無償で護衛をしろってのか」

すっかり血が上り、ムキになった狩人《かりうど》の顔がこちらを見る。

〈何か見返りがあると思ってたのか。ジェスを守るため。理由はそれだけだ〉

ノットは舌打ちをする。

「どうして俺にそんな義務がある？」

〈ジェスがイェスマ狩りに殺されてもいいのか。首輪を取り返して、ジェスの骨で新しい剣でも作るか？〉

ノットは目を見開く。

「お前は……」

〈男に二言はないぞ。ジェスに同行しようと思ってここまで来たんだろ。邪魔な豚がいようが、やろうと決めたことはやり抜いてほしい。お願いだ。ジェスを死なせないでくれ〉

ノットはしばらく無言だった。しかめっ面《つら》で天井を見て、壁に飾られた首輪を見て、そして俺を見る。

「いいだろう。後悔するなよ、豚野郎」

ばっちゃんに朝食の金を払い、ジェス、俺、そしてノットは村を出発することになった。

旅籠《はたご》の前で、セレスが俺たちを見送ってくれた。

別《わか》れ際《ぎわ》に、ジェスが言う。

「ノットさんはきちんとお返しします。さようなら」

〈セレス、色々と助かった。達者でな〉

俺はセレスに撫《な》でてもらいながら、それだけ伝えた。

「豚さんも、願いが叶《かな》うといいですね」

セレスは小声でそう言って、微笑《ほほえ》んだ。

俺たちが旅籠《はたご》を離れるとき、セレスは小さな手を大きく振っていた。

第三章

人の祈りを笑うな

the story of
a man turned into
a pig.

まるでそれが当然であるかのように、ノットは犬を連れていた。名前はロッシ。白い雄の大型犬で、オオカミと言われても信じてしまいそうな風格だ。左の前脚に、銀の足輪がきつく巻きついている。やたらと人懐《ひとなつ》っこく、ジェスの生脚を嗅ぎまくっている。俺にも嗅がせろとは言わないことにした。

ノットの案内によると、村を出たら「油《あぶら》の谷《たに》」とやらを渡って、次の「ミュニレス」という大きな街で一泊、食料を調達し、その次の夜は「磔《はりつけ》の岩地《いわち》」で明かすのがいいらしい。岩地を抜けたら丘陵地帯をひたすら歩き、その中心にある王都を目指すのだという。王都は「針《はり》の森《もり》」という深い森に囲まれており、そこがイェスマ狩りの温床になっているうえにヘックリポンがウジャウジャ棲《す》んでいるから将来的にはすべて焼き払うつもりだとノットは豪語した。

美少女、イケメン、豚、犬。おかしな一行の旅が始まった。

旅の途中、ノットは基本的に無口だった。ロッシを歩き回らせながら、淡々と早足で歩く。ジェスにルーター役を頼み、俺の思考も括弧の中だけノットに聞こえるようにしていたのだが、何が気に入らないのか、ノットは俺の方を見ようともしなかったし、まして話しかけてくることもなかった。完全に家畜扱いだ。

一方ジェスは、「あ、きれいな蝶々《ちょうちょ》さんですよ」とか「ここのお水は美味《おい》しいですね」とか、他愛のないことでニコニコと俺に話しかけてくる。オタクなら秒で勘違いしてしまうだろうが、俺は豚なので、そんな愚かなことはしない。せいぜい〈これはマダラチョウの一種だな。山を越えたりして、かなりの長距離を飛ぶことができるんだ〉とか、〈この水はカルシウムが少なくて軟らかいんだろうな。ここらは火山岩が多いから、口当たりを硬くする成分が溶けにくい〉など、いかにも理系大学生といった感じの返答をする。ジェスは好奇心旺盛で、たくさん質問をしてくる。生まれが違えば立派な学者になったかもしれないな、などと俺はぼんやり考えたりした。

そして、ロッシと仲良くなることは容易《たやす》かった。ノットの周囲をウロウロしたりジェスの体臭を嗅いだりするだけでは物足りないらしく、ロッシは俺のところにも遊びに来る。俺の尻に顎を載せて遊んでみたりするものだから、可愛《かわい》くて俺も構ってしまう。様々な方法で遊ぼうとするロッシを見ているうちに、相当賢い犬なんだろうな、と思うようになった。

油《あぶら》の谷《たに》に到着する。きれいな水がサラサラと流れている渓谷で、大きな吊《つ》り橋《ばし》がかかっている。しかしノットは、吊《つ》り橋《ばし》とは反対方向に足を進めた。

「ノットさん、吊《つ》り橋《ばし》を渡らないんですか？」

ジェスの問いに、ノットはぶっきらぼうに答える。

「吊《つ》り橋《ばし》みたいな分かりやすいところを通ると、面倒な奴《やつ》らに目をつけられやすい。少し下流に行って、川まで下りて飛び石を渡るだけだ。我慢しろ」

「そうなんですね、頑張って歩きます！」

草をかき分けながら急な坂を下りている途中、ジェスが説明をしてくれる。

「ここの地名は、暗黒時代の戦いに由来しているんです。それ以前は何かかわいらしい名前だったようなんですが、この辺りで起こった戦で何千人もの方がお亡《な》くなりになって、その方々の血が谷を染めたためにまるで油が流れているように見えて、それで『油《あぶら》の谷《たに》』と呼ばれるようになったそうですよ」

明日役立つ豆知識のように話してくれるが、内容がやたら血《ち》腥《なまぐさ》い。

〈暗黒時代ってのは、魔法使いたちが争った時代なんだよな？〉

「そうです。たくさんの魔法使いたちが、他の種族の軍勢を従えながら覇権を争って戦を繰り返した時代だと言われています。魔法使いの力はすさまじく、戦は大抵、魔法使いが死ぬことで終わりを迎えたそうです。お互いに手強《てごわ》くて戦が長続きする場合は、それこそ川を血で染めてしまうほど大勢の方が命を落としたんですって」

〈そんなに強力な魔法使いがほぼ全員死んで、今は一つの血筋しか残っていないのか？　勝ち

残った他の魔法使いや身を潜めていた魔法使いはいなかったのか？〉

「さあ……生き残った魔法使いは、王様のご先祖様が皆殺しにしたか、メステリアから逃げたか……暗黒時代以前の歴史については、ほとんどの記録が焼けてしまい、文献がとても少ないんです。現在主流になっている史書は、元を辿《たど》ればどれも王様のご先祖様の話が拠《よ》り所《どころ》となっているみたいで、古い歴史には詳しくないようですね」

歴史は勝者が記録する。どこの世界でもそれは同じなんだろうなと実感する。

「皆殺しに決まってんだろ」

ノットが口を開いた。こっちに背中を向けたまま、吐き捨てるように言う。

「力のある奴《やつ》は、生きてる限り脅威になりうる。身を守りたけりゃ、敵は殺すのが一番だ」

しかし同族を殺してしまえば、魔法使いの種族が滅びる可能性も高くなってしまうのではないだろうか。それでも殺し合ったというのなら、魔法使いは滅ぶべくして生まれた種族だと言えよう。


ひたすら歩き続け、夕刻になってようやく、ミュニレスに到着した。広い石畳のメインストリートがある、華やかな商業都市だ。大通りをたくさんの馬車が行き交い、通り沿いの店は老《ろう》若男女《にゃくなんにょ》で賑《にぎ》わっている。ジェスは手首に巻いていたスカーフを首に巻き、近くから見られても怪しまれないよう繕った。ノットは武器屋に入って、何やら小物をたくさん買ってきた。

裸の少女が彫られている小さな噴水のある広場で、荷物を整理しながらノットは言う。

「ミュニレスは王朝配下の兵も駐屯していて、比較的安全な街だ。今夜はここで宿を探し、夜を明かす。先は長い。ゆっくり脚を休めるんだな」

一つ、提案したいことがあった。俺はジェスを介して、ノットに話しかける。

〈なあノット、この街は交通手段も充実してるみたいだ。馬車みたいな乗り物を手配した方が、安全だし速いんじゃないか？〉

鼻で笑うノット。

「お前、外国人か？　メステリアでは、イェスマが乗り物に乗ることは法によって厳しく禁止されている。乗り物に乗ったイェスマはもちろん、イェスマを乗せた者も死罪だ」

乗り物に乗るだけで死刑？　知らなかった……豚は乗り物に入らないと信じたい。

〈そうなのか。でもどうして〉

「知るかよ。王朝がそう言ってんだ。民は従うしかねえ」

〈……そうか〉

そんな基本的なことも知ろうとしなかった自分が情けない。

〈他にも俺の知らない決まりがありそうだな。この機会に、話してくれないか？〉

ノットは答えない。ジェスの方を向くと、ジェスが説明してくれる。

「イエスマに関する掟《おきて》は二つです。一つは、イエスマを乗り物に乗せないこと、つまり運搬の禁止。もう一つは……」

　ちょっと言《い》い淀《よど》んで、口を開く。

「イエスマを犯さないこと、すなわち姦淫《かんいん》の禁止です」

　ノットは何やら小さな金属の球体を吟味していて、無反応だ。

〈それも破ったら死罪か〉

「……ええ」

　よかったな諸君。我らがジェスたそは、俺と同じで純潔らしい。しかし……

〈ああ……なんだ、その……死罪になるラインは、具体的にどこなんだ？〉

　言ってみて、一六の少女に何を訊《き》いているんだと自責する。慌てて補足する。

〈ほら、イエスマが男だった場合とかもあるだろ〉

　ノットが突然、きつい口調で口を挟む。

「馬鹿にすんなよ豚野郎。男のイエスマなんているもんか」

〈は？　イエスマには女しかいないのか？〉

「そうです」

　ジェスの答えに首を傾《かし》げる。イエスマという種族は無性生殖でもするのだろうか。それとも人間と交配して存続しているのか？　……まあいいだろう。

〈それはいいとして……ノット、お前が昨晩したことは、掟《おきて》に抵触しないんだな？〉

我ながら醜いと思いながらも、堪《こら》えられずに訊《き》いてしまう。昨夜、あの密室で、ノットがジェスに何をしたのか、確認するチャンスだと思ったからだ。

「黙れ」

ノットは小道具をいじるのをやめ、俺を睨《にら》んだ。耳が赤くなっている。

「……お前、俺をからかってんのか？」

〈いや、別にからかってはいないが……〉

「言っとくがな、俺はイェスマの権利を尊重してんだ。狩人《かりうど》は自由の民。イェスマだって対等に扱う。だから法がなくたって、俺はイェスマを不当に搾取《さくしゅ》したりはしねえ。皮肉でも、言っていいことと悪いことがあるぞ」

ん？　皮肉？　何を言ってるんだ……？

「夜のこと、馬鹿にするならすればいいさ。お前が扉の外で聞いてるなんて知らなかったから、惨《みじ》めな声を晒《さら》しちまったな。だが男にも、泣き言の一つや二つはあるだろうが。泣いていたのは、酔っていたからだ。俺は普段、涙なんて一滴も流さねえ」

狙い通りではあったが、ノットは、昨日の夜ジェスにしたことを俺がすべて扉の外で聞いていたと勘違いしているようだった。そして俺が盗み聞きするはずだったシーンは、俺が危惧していたものからは程遠いようである。

「胸を貸してくれ」と言っていたのは、そういうことだったのか。単に、泣き言を漏らしたかっただけだったというのか。

何も聞いていなかったと伝えるタイミングを、逃してしまったらしい。ノットは顔を真っ赤にしてそっぽを向き、ジェスはドギマギした様子で胸に手を当てて、俺とノットを見ている。

途端に、強烈な自己嫌悪《じこけんお》が襲ってくる。つまらない勘繰りで、空気を最悪にしてしまった。ああ、これだからオタクという生き物は。諸君も気をつけろよ。男女の話について、詮索しないで済むことは、詮索すべきではないのだ。

かわいそうなことになってしまったので、俺は昨晩の様子を全く聞いておらず、そのためノットがジェスによからぬことをしたのではないかと疑ってしまっていたのだ、ということを、正直にノットへ伝えた。

ノットは「そうかよ」とだけ言い、それ以降、宿へ移動している間、俺の方を見ようとはしなかった。ただ、その短く切った金髪から覗《のぞ》く耳がしばらくリンゴのように赤かったのは、はっきりと見えていた。

なんだかんだで悪い奴《やつ》じゃないんだな、と思う。もしかすると、恋い焦がれていたイースのことを思い出して、衝動的にジェスに甘えてしまったのかもしれない。泣いていたのは、イースのことを忘れられないからかもしれない。いや、忘れてはいないはずだ。ヘックリポンへの殺意は、その激しい想《おも》いの噴出に違いないのだから。

　俺がノットを仲間にしようと思ったのは、その一途《いちず》な情熱を買ったからだ。もし俺たちがイエスマ狩りに襲われたら、俺たちに恩がなくとも、ノットはイェスマ狩りを排除してくれるだろう。俺の仕事は、ジェスを無事に王都まで送り届けることだ。そのためには、あらゆる手段を駆使しなければならない。一三歳の少女の想《おも》いを恣《ほしいまま》にし、純情な狩人《かりうど》の想《おも》いを弄《もてあそ》んででも、図々《ずうずう》しくジェスの安全を追求していかなければならない。それが俺の役割なのだから。

――そんなことを、豚さんは考えていてくださったんですね
　ノットには聞こえないように、ジェスが俺に伝えてくる。

〈今のは全部地の文だ。恥ずかしいから、これ以上勝手に読むようだったらジェスのパンツを勝手に見るぞ〉

――ごめんなさい、どうしても聞こえてきてしまうものですから……だから豚さんも、パンツならいつでも見ていいですよ
〈……そういうことじゃない。ウーロンじゃあるまいし、ただの布には興味がないね〉

――うーろん？

〈気にしないでくれ。俺の故郷での話だ〉

　そんなくだらないやり取りをしている間に、日はすっかり暮れ、ノットは手頃な旅籠《はたご》を見つけてくれた。薄茶色の漆喰《しっくい》で塗られた外壁にはオレンジ色に光るランタンがかかっており、飾られた花々をうっすらと照らしている。小さいながらもこぎれいな印象を受けた。ノットによ

れば、ここの亭主はばっちゃん――セレスの女主人の知り合いだから、信頼できるそうだ。

夕食は旅籠《はたご》の食堂で済ませた。ノットは基本的に無口だったが、ビールを飲み始めてから、少しずつジェスや俺と雑談をするようになってきた。昨日の一件があったからか、ジェスはビールを遠慮していた。ノットは遠慮や自重というものを知らないようだ。

床で根菜の盛り合わせを食っていた俺は、ふとジェスを見上げたとき、太も――壁に、イェスマの銀の首輪が飾ってあるのに気付いた。セレスの宿で見たのと同じで、二本の長剣が首輪の中で交差している。

〈なあジェス、ここにも首輪が飾ってあるが……あれは何かのおまじないなのか？〉

ジェスがにっこりと説明してくれる。

「あれは、銀の紋章です。銀の紋章を飾ることが、イェスマ保護者の証《あかし》になるんですよ」

〈あれがか……？　銀の首輪を奪うような奴《やつ》らが、簡単に真似《まね》できてしまうと思うが〉

「イェスマの首輪はですね、身体《からだ》から外されると、膨大な魔力を放出しながら自壊していくんです。通常ならば、銀はすぐ真っ黒になります。でも、イェスマに慕われる方が管理をしていると、首輪は感情をもっているかのようにその輝きを失いません」

ノットがロッシに骨付き肉をやりながら、テーブルの下の俺を見てくる。

「逆にイェスマに手をかけるような奴《やつ》が近づくと、首輪は黒ずみ、やがて風解する。だからあれが輝いている限り、この旅籠《はたご》は安全というわけだ」

〈でも、偽《にせ》の首輪かもしれないだろ〉

俺が言うと、ノットは面倒そうに眉を上げる。

「細けえ豚だな。イェスマが見れば、本物かどうか分かんだよ」

〈そうなのか？〉

「ええ、そうです。私には、独特の光が見え、歌声のような微《かす》かな音が聞こえてきます」

ノットは少し驚いた様子だった。

「へえ、お前には音まで聞こえるのか。珍しいな」

よく分からないが、ジェスはイェスマの中でも相当優秀な部類に入るらしい。有力豪族のキルトリン家に召し抱えられたのもそのおかげだろう、などとノットは勝手に推測していた。

二人と二匹でもぐもぐしながら、銀の紋章は特別な魔法で守られているということや、首輪の自壊を制御すれば強力な魔力源になりうることなどを、ジェスとノットから教えてもらう。

そのなかで、俺は一つ根本的な疑問を呈した。

〈なあ、イェスマっていうのは、いつ首輪をつけられるんだ？　……というかそもそも、女しかいないイェスマはどこから湧いてくる？　イェスマは誰から生まれるんだ？〉

ノットは暗い笑みを浮かべる。

「そんなことも知らねえで、シャビロンになろうと思ってたのか、豚野郎」

ゴクリと喉を鳴らしてビールを飲み、上唇についた泡を手で拭うノット。

「教えてやるよ。イェスマは八歳くらいの、小間使いとして訓練された状態で、王朝によって売りに出されんだ。権利と金のある家がイェスマを買う。買い主のもとに送り届けられるときには、もう首輪をつけた状態だ。で、それ以前のことは誰も何も知らねえ。誰が親で、いつ首輪をつけられて、どこで訓練されたか、それは謎のまま。本人たちだって、仕える家に着く前の記憶は、一切もってねえんだ」

理解が進まず、ポカンとしてしまう。首輪のついた状態で、たった八歳で売りに出されて、小間使いとして働く……？　それじゃあまるで……。

「あの、豚さん、心配しないでください。小間使いとしての生活って、そんなに悪いものじゃないですよ。イェスマを買うことができるのは恵まれたお家《うち》だけで、恵まれたお家《うち》の方は、みなさんとてもお優しいですから。私は長いことキルトリン家にお仕えしてきましたが、お賃金もいただけましたし、自由な時間もありました。お勉強もさせてもらえて、とても楽しい生活だったと思います」

ノットはジェスを憐《あわ》れむように見ていたが、何も言わなかった。俺も、ジェスの考えを矯正しようだなんて気分にはならなかった。ロッシが無遠慮に、何かの骨をバリバリと嚙《か》み砕《くだ》く。

「寝るか。明日も長い一日になる」

ノットはそう言って、マグを空にした。

二つのベッドが間隔をおいて並べられた狭い部屋。ノットは中へ入るなり、片方のベッドに躊躇《ためら》いなくダイブし、すぐにいびき交じりの寝息を立て始めた。ロッシは近くの床で丸くなる。

ジェスはもう一方のベッドにちょこんと座り、俺に笑いかけた。

〈……何だ、早く寝るぞ〉

――豚さん。ちょっとお話、しませんか

声に出さず、ジェスが伝えてくる。

〈まあ、少しならいいが……〉

――こっち、来てください

ポンポンと、ジェスはすぐ隣のスペースを手で叩《たた》く。

美少女にベッドへ誘われるという前代未聞《ぜんだいみもん》の出来事に、俺の思考回路は容易《たやす》くショートした。何も考えず、俺はジェスの隣によじ登って伏せる。ジェスは少し腰をずらして、俺のすぐ隣まで来た。ジェスの腰と俺の脇腹とが触れ合う。緊張のせいか、豚バラ肉が強張《こわば》ってしまった。

ジェスの手が、俺の耳の後ろを優しく撫《な》でてくる。ぶひ……。

〈それで、何の話がしたいんだ〉

訊《き》くと、ジェスははにかむようにして微笑《ほほえ》んだ。

——別に、何の話というわけでも……ただ、お喋《しゃべ》りがしたくって

〈そうか、じゃあ……何か話そうか〉

アホみたいな応答をしてしまう。

——……豚さんは何か、私に話したいこと、ありませんか？

そう問われるが、何も考えていなかったので、返事に困る。

〈いや別に……今すぐには思い付かないな〉

——そうですか。では、私が……

ジェスは何か考えるように、少し下を向く。なんでもない時間のはずなのに、意味もなくハツが揺さぶられてしまう。ジェスの目が、こちらに向いた。

——あの、豚さん。私、謝らなくてはいけません

〈……何をだ？〉

——昨日の晩のことです。お酒を飲んで、気持ちよくなって……豚さんを差し置いて、ノットさんをお部屋に入れてしまいました。それはあの、よくなかったのかな、と……

閉め出されたことを思い出すと、腹が熱くなるような感覚に襲われる。肝臓が生焼けになっているような気分だ。この不快感は何だ。

〈別に、あいつの泣き言を聞いてやっただけだろう。ジェスはノットの心を読んで、安全だと

分かってたんだ。それなら何も、謝ることはない。まあ、眠くなってしまうなら、今度から酒は控えめにした方がいいと思うけどな〉

——えっと、そうではなくて……何と言えばいいんでしょう。ノットさんは一応、男の方ですよね

〈………？　だからどうした〉

——豚さんは、私と運命を共にすると約束してくださった方なのに……そんな方がいるのに、私はノットさんをお部屋に入れてしまって……

そこでようやく、ジェスの言わんとしていることに気付いた。慌てて言う。

〈ば、ばか、勘違いするなよ。俺は別に……別にお前に、そんな律義《りちぎ》さは求めてないからな？〉

——そう、ですか……？

〈当然だ。無事でいてくれさえすれば、お前が誰と何をしようが俺の知ったことじゃない。たとえあの晩、お前がノットとベロチューしてたとしても、俺は別に、嫉妬なんか——〉

嫉妬……？　この俺が？　あり得ない。

〈ともかく、俺に余計な気遣いはするな。むしろ迷惑だ〉

言葉が必要以上にきつくなってしまったのに、自分でも気付いた。ジェスを見ると、慌てた様子で両手の指先を顎に当てている。

――ご、ごめんなさい……そうですよね、私……少し思い上がって……余計なことを言ってしまいました。すみません……

おろおろ謝るジェスを見て、途端に溜飲《りゅういん》が下がる。俺は何をしてしまったんだ。

〈……いや、すまん、俺も言葉がきつかったな。言いたかったのは……その、なんだ、別にジェスは何も間違ったことをしてなかった、ってことだけで……気を遣ってくれるのは嬉《うれ》しいが、俺とジェスはあれだ、もっとほら、フランクな関係がいいというか……〉

――フランク、ですか……

〈そうだ。喩《たと》えて言うなら、兄妹《きょうだい》みたいなさ〉

ジェスは困ったような顔をする。

――でも私、豚さんの妹ではありません

〈分からないぞ。お前、親が誰かも知らないんだろ。それなら俺たちは、もしかすると生き別れた兄妹《きょうだい》かもしれない〉

――確かに……？

そういう設定も、アリな気がしてきたな。

〈兄が妹を守るのは当然のことだし、妹が兄を助けるのも当然のことだ。な？　いいだろ、兄妹《きょうだい》って〉

――そうですね、それはそれで、いい関係かもしれませんそうだ、いい関係だ。妹は兄の顔色を気にしないし、兄は妹に嫉妬したりしない。それが結論だ。

〈じゃあいいな。今回の件は、そういうことで落着だ。兄妹愛《きょうだいあい》は素晴らしい。

夜も遅い。もう寝るぞ〉

強引に話をまとめて、切り上げる。ジェスは小さく首を傾《かし》げた。

――あれ……私たち、何のお話をしていたんでしたっけ？

〈深く考えなくていい。ただのお喋《しゃべ》りだ〉

――そう、でしたっけ……

俺はベッドを下り、ロッシの近くの床で丸くなった。

〈早く寝ろよ、大変な旅になるんだ。それじゃあ、おやすみ〉

しばらく返事はなくて、ジェスがゆっくりとベッドへ潜り込む音がしていた。それから、ジェスの囁《ささや》く声が聞こえてくる。

「おやすみなさい、お兄さん」

ちょっと違うな、と感じながらも、俺は素直にブヒと思った。

物音がした。夜も更《ふ》け、朝が近づいてきた頃だろうか。首を起こすと、暗闇の中、目の前で一対の目玉が光っている。食われるかと思って肝が冷えたが、すぐにロッシだと気付いた。ロッシも今起きたばかりのようで、耳を立てて部屋を見回している。直後、俺とロッシは同じところに顔を向けた。

ジェスが身体《からだ》を起こし、ベッドの縁に腰かけ、不安げに窓の外を見ている。まだ真っ暗だ。

〈どうした〉

訊《き》くと、ジェスは隣のベッドで寝ているノットをちらりと見てから、伝えてきた。

――声が、聞こえます
〈声？〉

――はい。ブレースさんという方が、こちらに話しかけてくるんです
しばらく意識を集中してみる――が、特に声のようなものは聞こえてこない。

〈俺には何も聞こえないんだが……〉

――おそらくイェスマにしか聞こえないんでしょう。豚さんも、お聞きになりますか
頷《うなず》くと、ジェスではない少女の声が、脳内に響き始める。

――てくださいお願いしますこの恐ろしい暗闇からどうかこのブレースを助け出してくださいお願いしますこの恐ろしい暗闇からどうかこのブレースを助け出してくださいお願いしますこの恐ろしい暗闇からどうかこのブレースを助け出してくださいお――

〈タンマ、ちょっと待った、一旦止めてくれ〉

一気に目が覚めて、身震いする。早口で繰り返す声は、軽くホラーだった。

——あの、私、助けに行かないと
〈え？〉

——この声の主、ブレースさんを、助けなきゃいけません
それはそうだ、と寝ぼけた頭で思いかけたが、冷静に考え直す。

〈待て、早まるな。そもそも、どんな奴《やつ》がどうして助けを求めてるのかも分からないだろ。危険だし、行くにしたってジェス一人で行かせるわけにはいかない〉

急いでノットを起こして、事情を説明する。起きたばかりのノットは不機嫌そうに顔をしかめていたが、ジェスが例の声を聞かせると、すぐ真剣な顔になった。

「イェスマに違いねえ。方向は分かるのか」

武具を装着しながら、ノットはジェスに訊《き》いた。

「ええ、ある程度は。あちらの方角、遠くの方から届いてきます」

ジェスは窓の外を指差した。そちらは街のはずれで、建物は少なく、木が茂っている。

〈あっちには何があるんだ〉

ノットはしばらく目を細めて外を窺《うかが》ってから、言う。

「林の他に、ってことなら、農家が何軒かと、小さな聖堂があったはずだ。今は何も見えねえが……おそらく時間がねえ。移動しながら考えるぞ」

俺たち——二人と二匹は、間もなく旅籠《はたご》の外に出た。石畳の小路《こみち》には、灯《あか》りと呼べるものが

ほとんどない。ランタンの光はすべて消えていて、頼りにできるのは、薄雲の向こうで輝く月だけだ。少し強く吹く風は、心地よい温度より幾分か冷たい。

早足で歩きながら、ノットは小声で言う。

「声の主は遠くにいると言ったな。それだけ離れたところへ思いを伝えられるのは、心の力をもつイェスマだけだ。しかも、あの声には北部の訛《なま》りがある。ブレースというのは、遠くから、何らかの理由でここまで拉致《らち》されてきたイェスマに違いねえ」

〈けど、おかしくないか〉

俺が遮ると、ノットは面倒そうにこちらを見下ろす。

「何がだ」

〈イェスマには、相手を選んで思いを伝える能力があるんだよな〉

ジェスやセレスは、ノットに通じないようにしながら俺と意思疎通していた。

「そうだが」

〈だったらどうして、俺たちにはその声が聞こえないんだ？　助けを呼ぶなら、ジェスにだけ呼びかけるよりは、大勢に伝えた方が好都合だろ〉

「知るかよ。無差別に呼びかけたら敵に見つかると思ってんのかもしれねえし、事情はいくらでも考えられるだろうが。そもそもまともな思考をしてりゃ、状況と居場所くらいは伝えてくるはずだ。大切なのは、少なくとも今、イェスマが助けを呼んでるってことだけだ」

〈ジェス、こっちから何かを伝えようとはしてみたのか？〉

「……ええ。全く反応はありませんが……そもそも、見えない相手、誰かも分かっていない相手に思いを伝えること自体、可能なのかどうか……少なくとも私は、そうしたことをやった経験がありませんので」

〈じゃあ向こうはどうやって、ジェスに声を届けてるんだ？　知り合いじゃないんだろ？〉

「それは……何かそういう方法が、あるんだと思います」

ジェスとノットは歩き続ける。おいおい。そんな脇の甘い決めつけで夜の森へ出て行っていいのか？　さすがに純情すぎるだろ。赤ずきんちゃんか？　そんな油断のせいでラブリーマイエンジェルが危険にさらされたなら、俺は絶対に許さないからな？

ジェスが戸惑った様子でこちらを見る。いかん、年下の女の子に夢中なラノベ主人公みたいな語彙を使ってしまった。俺はそうではないので、気を付けなければ。

嫌な予感を嗅ぎ取っているのか、ロッシも周囲をしきりにキョロキョロとして不安そうだ。動物的な勘というのは、頼りにしてはいけない代物だが、無視すべきではないものだ。

イェスマにしか聞こえない、助けを求める心の声。「この恐ろしい暗闇からどうかこのブレースを助け出してくださいお願いします」という内容が、ひたすらに繰り返されている。発信しているのはイェスマらしい。しかし発信者に、こちらから呼びかけることはできない――はて、どう解釈したものか。

〈ジェス、あの声は、まだ聞こえてるのか〉

「はい。途切れることなく」

〈聞いてくれ、二人とも。もし暗闇の中に閉じ込められていたとして、外の誰かに助けを呼べるとしたら、お前たちならどんなことを伝える？〉

「……私なら、場所や状況を伝えます」

「何が言いたいんだ豚野郎」

〈おかしいんだよ。さっきノットも言っていたが、ブレースは具体的な状況を伝えないくせに、自分の名前とか「恐ろしい」だとか「お願いします」だとか、不必要な情報ばかり盛り込んでいる。しかも返事を待つ間も空けない。例えばノット、お前は井戸に落ちたら、「この恐ろしい暗闇からどうかこのノットを助け出してくださいお願いします」と叫び続けるのか？　違うだろ。「井戸に落ちてしまった、誰か助けてくれ」と叫んで、しばらく返事を待つはずだ〉

「……俺だったらそうする。が、そうじゃねえ奴《やつ》だっているかもしれねえ」

歩く速さは緩まない。暗い道の先に木が茂り、そのさらに奥に小さなドーム屋根が見える。

静寂を切り裂くのは、風に揺れる枝葉のこすれる音と、俺たちの足音だけだ。

〈ここからはすべて、心の声でやりとりをしよう。最悪のシナリオが見えてきた〉

――最悪のシナリオ？

ジェスが不安そうにこちらを見てくる。

〈助けを呼ぶ声じゃない。祈りなんだよ。今聞こえているのは〉

——は？

前ばかり見ていたノットが、ようやくこちらを振り返った。

〈感情的で抽象的な訴え。返答を待つ時間すら空けない繰り返し。これは助けを呼ぼうとするメッセージではあり得ない。祈りの言葉なんだよ〉

祈りならば、自分の名前を述べたり、「恐ろしい」だとか「お願いします」だとか言ったりしてもおかしくはないし、返事を待っていないことにも説明がつく。

——確かに、そうかもな。だが、呼び声だって祈りだって、大した違いはねえだろ
〈あるんだよ。大アリだ。呼び声は誰かを呼ぶためのものだ。だが祈りは、どうしようもなくて、救いがなくて、それでもなお何か縋《すが》り付《つ》くものが欲しくてするものだ。ブレース本人は、別に誰かを呼んでいるわけじゃない〉

「だから見捨てろってのか」

ノットが立ち止まり、声に出して言う。俺は首を振った。

〈そうじゃない。仕組まれた罠かもしれないということだ〉

ジェスとノットは、不可解そうに俺を見る。いけない、論理が飛躍してしまった。

〈北部の訛《なま》りがあったんだろ？　ここはメステリアでも南の方だと聞いた。ブレースがイェスマだったとして、ここにいる理由は何だ？　もう一つ。祈りの声がイェスマにしか届かないの

はなぜだ?〉
豚らしく、フンゴと鼻を鳴らしてみせる。
〈まだはっきりとは説明できないが、俺はこのあたりの違和感に、何者かの悪意を感じて仕方がない。本人が助けを呼ぼうとしているわけではない以上、誰かがそのブレースという少女の祈りを利用して、イェスマをおびき寄せているという解釈もできるわけだ〉
——そうか。忠告に感謝する。念のため、ロッシに周囲を警戒させよう
そう伝えてきて、ノットは再び歩きだす。ノットの素早いハンドサインを見て、ロッシは俺たちの周囲を徘徊《はいかい》し始《はじ》めた。ノットはジェスをちらりと見る。
——おいジェス、方角はこのままで合ってるか?
——はい。おそらく、この正面にある、小さな聖堂の中です
——聖堂の中? 妙だな……
——確かに、妙ですね……
〈ちょっと待った、何が妙なんだ? 祈りを捧《ささ》げるのに、聖堂ほどふさわしい場所はないと思うが〉
——豚さん、イェスマは本来、星に祈る種族なのです。他のみなさんとは違って、聖堂には普通、入りません
〈そうなのか〉

──違《ちげ》えよ。聖堂は王朝の祖ヴァティスに民が祈りを捧《ささ》げる場所。イェスマが入っていい場所じゃねえ。民がみな崇拝している存在に祈る権利を、イェスマはもってねえってだけの話だ

…………。なるほど。

〈そういうことか。危険の正体が見えてきた。俺の指示を聞いてくれ〉

ノットがコンコンと、ゆっくり聖堂の扉を叩《たた》く。しばらくするとギィという音を立てて、青銅の重そうな扉が開いた。扉の向こうには、蠟燭《ろうそく》を持つ背中の曲がった聖職者が立っていて、武装した若者と不安げな少女という組み合わせに眉を上げる。

「こんな時間に、どうされましたかな」

「すまねえ。この聖堂から、声が聞こえんだ。こいつがそう言っててよ」

ノットはジェスの肩に手を置く。ジェスはスカーフを頭巾のように被《かぶ》り、目元を隠している。

「と、隣町から買い物に来ております、イエスマのセレスと申します。その……ブレースという方の助けを求める声が、聞こえてきたものですから……」

聖職者はゆっくりとジェスを観察し、ノットに視線を戻す。

「不思議議ですな。そのような名前は聞いたことがありませんし……今この聖堂には、私一人しかおりませんよ」

「どっか穴にでも落ちたのかもしれねえ。一刻も早く、助けてやりてえんだ。捜してもいいか？」

聖職者は少し考えてから、抑揚のない声で言う。

「なるほど……この聖堂には、普段は入らない地下室があります。そこに迷い込んだ者が、いるのかもしれませんな」

「そうか、案内してくれねえか」

「もちろんです」

聖職者は扉をさらに開き、ノットを招き入れた。後に続こうかと迷うそぶりをするジェスを、聖職者は無言のまま、手で制止する。ジェスは慌てて頭を下げ、後ずさった。

重苦しい音がして扉が閉まり、ジェスは聖堂の外に一人ぽつんと残される。ここまではすべて計画通りで、おそらく、相手もそう思っていることだろう。

茂みの中から入り口の様子を見ていた俺は、聖堂の勝手口に目を移す。さっきロッシと一緒に周囲を嗅ぎ回ったが、ヘックリポンが一匹いるだけで、人の潜んでいる気配はなかった。つまり、聖堂の外に一人残されたイェスマを襲う奴がいるならば、そいつはタイミングを見計らって聖堂の中から出てくるはずなのだ。

〈ジェス、安心しろ。俺の計画に従えば、ジェスは絶対に安全だ〉

ジェスが胸の前で両手を重ねて、こちらを見てくる。

――ありがとうございます。大丈夫ですよ。私も豚さんを、信じていますから

ぶひ。

予想通り、すぐに勝手口の扉が開き、長身の男がそっと出てきた。手には何やら布を持っている。腰に刀を下げているが、重装備の厳《いか》つい男ではなくて、ほっとする。

あちらは風上だ。漂ってくるにおいをスンスン嗅いでみて、俺は鼻を疑った。

ハロゲン化エーテルのにおいだ。驚くと同時に、なるほどと思う。大学の実験でマウスに麻酔をしたことがあるのだが、そのときに使ったイソフルランに似たにおいである。イソフルランは吸入麻酔薬で、動物を迅速に麻酔することができる。どうやって合成したのか知らないが、メステリアの薬学はかなり進んでいるらしい。しかし、こんな上等な麻酔薬を、この世界の悪党は何に使うのだろうか。

相手はジェスを、雇用中のイェスマだと思っている。雇用中のイェスマを殺すことは雇用主に対する罪となり、許容されていない。だから相手は、尋問なりをするまでは、すぐに殺すことを避けるだろう。ジェスを麻酔して、あんなことやこんなことをしようというのか。許せん。

〈ジェス、ノット、出てきたぞ。麻酔薬を持っている。すぐに襲えば反撃はないはずだ〉

――承知。こちらの処理も終わった。すぐに出る

不安そうに両手を握りしめるジェスにそろりそろりと近づく、細長い影。安心しろと言っておきながら、いざそのときになると俺も気が気ではない。

〈ジェス、大丈夫だからな。俺が見ている。みんなそばにいる〉

——はい

ジェスの近くの茂みではロッシが伏せ、いつでも跳びかかれるように準備をしている。音を立てず、聖堂正面の扉がわずかに開いた。顔が覗《のぞ》く。ノットだ。

「ンゴ！」

俺が大きな声で叫ぶと、ロッシの白い巨体が闇に閃《ひらめ》き、男に跳びかかった。男は突き飛ばされながらも、持っていた瓶と布を放り投げ、後転して素早く立ち上がる。男の手が、剣の柄《つか》にかかった。ロッシは唸《うな》りながら後退する。男の視線が、ロッシに釘付《くぎづ》けになる。

次の瞬間、赤い炎が扉の前で一閃《いっせん》した。斬撃の反動で跳躍した身軽な狩人《かりうど》の脚は、屈《かが》んだジェスの遥《はる》か頭上をきれいな弧を描きながら通過し、狙《ねら》い過《あやま》たず男の胸元に入る。強烈な蹴りに続いて、再び炎が闇を切り裂き、男の後頭部に突き刺さった。

ドスッという鈍い音がして、男は俯《うつぶ》せに倒れた。俺は急いでそちらに向かう。

〈やったか？〉

「ああ、殺しちゃいねえけどな」

ノットの構えを見るに、どうやら炎の力によって加速させた剣の柄《つか》で、後頭部を殴ったらしい。ロープを使って、ノットは男を後ろ手に縛った。

ジェスは腕を縮めたまましゃがみこんでいる。俺は近くに寄った。

〈もう大丈夫だ。何も心配することはない〉

「あ、ありがとうございます……」

〈怖かったな〉

「いえ、そんなことは……」

ジェスは震える手で、俺を撫《な》でてくる。本当は、ジェスを囮《おとり》に使うようなことはしたくなかった。だが、武装しているかもしれない相手を油断させるには、こちらが相手の思惑に嵌《は》まっていると思い込ませる必要があった。ノットとロッシで正面突破すれば、対抗され、ブレースとやらを人質に取られる可能性もあった。

そして何より、ジェスが囮役《おとりやく》を強く願い出たのだ。

「さあ、囚人を捜しに行こう」

ノットは冷静に言う。ジェスは頷《うなず》いた。

二人と二匹で、真っ暗な聖堂の中に入る。ジェスは最初の一歩をためらったが、ノットがその手首を無遠慮に摑《つか》み、聖堂内に引き込んだ。お？　彼氏面《かれしづら》か？

ブーブー不満を言うのも大人げないと思ったので、俺は大人しくジェスの後に続いた。

ノットが左手の剣を松明《たいまつ》のように光らせ、聖堂内を照らした。大理石の柱、木製の長椅子。正面には煌《きら》びやかな祭壇があって、左手を胸に当て右手をまっすぐ上に掲げる若い女性の彫像が祀《まつ》られている。あれがメステリアの祖、ヴァティスなのだろう。ジェスはその像をしばらく気の抜けたように見ていた。初めて目にしたのかもしれない。

入り口のすぐ近くで、意識を失った聖職者が、壁に寄り掛かった状態で縄打たれていた。この時間に起きていてきっちりジェスを外に残す仕事をしたあたり、まずあの麻酔男とグルと考えて間違いないだろう。短時間でこいつを処理したノットの手際《てぎわ》には感服するしかない。

「さあ、声はどこから聞こえる」

ノットの問いに、ジェスは下を指差す。

「床の下からです」

俺とロッシが床を嗅ぎ、絨毯《じゅうたん》の下から地下へと続く跳ね上げ扉を二つ発見した。一方からはネズミなどの動物のにおいがして、もう一方からはなんだか、それとは違った生臭い空気が漏れ出ている。扉を捜している間に、ノットは手際《てぎわ》よく、聖職者と麻酔男を柱に縛り付けていた。

地下は完全な暗闇だった。動物のにおいがする方は、ネズミが大量に巣食っているだけで、スカだった。聖職者はこちらに案内するつもりだったのだろうか。もう一方の扉をくぐり、頼りない木の階段を歩いて下りる。ロッシは地上階で待機だ。

ノットの剣の放つ光が、石壁の空間をぼんやりと照らす。階段からまっすぐに狭い通路が延びている。その右手側には壁があり、左手側には扉のない部屋がいくつかあるようだ。一番手前の部屋はほぼ完全な立方体の空間で、黒い染《し》みのこびりついた大きな石の台が中央に置いてある。漂ってくる生臭い錆《さび》のようなにおいは、紛れもなく、血のにおいだった。

ジェスが直面していた危険を思うと、内臓が縮むようだ。

次の部屋には棚があり、果実酒を作るようなサイズのガラス瓶が並んでいた。中は透明な液体で満たされ、そのうちのいくつかには、歪《ゆが》んだ電球のような形の白っぽい塊が入っている。動物の内臓か何かだろうか。ノットはそれらを一瞥《いちべつ》するなり、すぐに次の部屋へと進んだ。その顔は陰になって見えなかったが、ギリッと歯を食いしばる音が聞こえた。

突き当たりの二部屋には、鉄格子《てつごうし》が嵌《は》めてあった。手前側は空。一番奥を覗《のぞ》く。

まず目に入ったのは、台に置かれた、ぼんやりと光る彫像だ。跪《ひざまず》いて祈りを捧《ささ》げる幼い少女の像で、その首には、銀の金属が巻かれている。その前で、全く同じ体勢をした少女が、真っ赤に充血した目をそちらに向けていた。こちらに気付く様子はない。ボロ布を纏《まと》った裸同然の姿で、瞬《まばた》きもせずに彫像を見つめている。銀の首輪。イェスマだ。

なるほど、と思った。イェスマの姿をした彫像に向けて祈らせることで、その心の声をイェスマという概念に向け、イェスマだけがそれを受信できるようにしたというところだろう。そうやってイェスマをおびき寄せ、捕らえるつもりだったのだ。

ノットが鉄格子《てつごうし》を揺らし音を立てる。

反応はない。

「おい。しっかりしろ」

呼びかけにも反応しない。ノットは鉄格子《てつごうし》を思い切り蹴った。

狭い空間に強烈な衝撃音が響く。祈る少女はようやく気付き、向こうに飛《と》び退《の》いてこちらを見た。炎に照らされているはずなのに、その顔は恐ろしく白い。クルクルと癖の付いた長い金髪が、整った顔を縁取っている。

「助けに来た。もう大丈夫だ」

ノットが言い、近くに掛けてあった鍵をいくつか試して鉄格子《てつごうし》の錠を開ける。狭い牢《ろう》に入ると、狩人《かりうど》はすぐ、少女を抱きしめた。

ノットの肩の上に顎をのせて、人形のように無表情なその顔は、ようやく瞬《まばた》きをした。


こいつらは余罪で十分死ぬだろう、とノットは言い、そつなく後処理をこなした。聖職者と麻酔男の脚を折り、縄打ったままブレースのいた牢《ろう》に閉じ込めて、鍵を林の中に埋め、王朝の流通拠点とやらに告発の手紙を投げ入れた。囮作戦《おとりさくせん》の途中で目立つわけにいかず、殺さずに放置していたヘックリポンは、いつの間にかいなくなっていた。そのヘックリポンを殺し損ねたことを、ノットはずっと悔しがっていた。日の出とともに、俺たち三人と二匹はミュニレスを後にした。

最低限の食事と自由は与えられていたようで、ブレースは問題なく歩いた。ただし、一切口を開かず、心の声を使った意思疎通もごくわずかしか行わない。「ありがとうございます」と「分かりました」が、内容の九割を占めた。残りの一割は自己紹介だ。

――リュボリの墓守エス家に仕えておりました、イェスマのブレースと申します

それは、ジェスと同じく雇用期間を終えたイェスマだということを意味した。

ブレースは青い瞳で、色白で、鼻が高く、凛《りん》とした印象だ。そして、痩せていたが、ジェスやセレスと違って胸が大きい。胸が。かなり大きい。ジェスの服ではサイズが小さすぎて、旅籠《はたご》の亭主から麻の簡素なローブを調達したくらいだ。そのあたりイェスマは控えめな種族なのかと思っていたが、どうやら、少ないサンプル数に基づく思い込みだったようだ。

――あの、私にもブレースさんにも、しっかり聞こえていますので……

ジェスが左手で胸元を気にしながら、俺にテレパシーで注意する。ブレースは俺が人間だということも無感情に受け入れたようで、もはやこちらを気にする様子はない。ノットのすぐ後ろをただ歩き続けている。後方からでも、その揺――いかんいかん。

〈すまない、配慮すべきだったな、反省する〉

――いいんですよ、別に。お好きな方を見ていてください

ジェスの口調は優しかったが、どこかに引っかかる棘《とげ》のようなものを感じた。

〈違う……誤解だ。俺はジェスのシャビロン。金輪際、誓ってジェスの胸しか見ない！〉

いや、これも違うな。なんだか変態みたいに聞こえてしまうではないか。俺は決して、変態

ではないのに。

ジェスはクスクスと笑う。

――気にしないでください。男の人が大きい方を好まれるというのは、このメステリアでは常識ですから。ノットさんだって、ほら……

ノットの様子を見てみる。分かりやすい純情な狩人《かりうど》の視線は、ブレースの体調を気遣うように時折チラチラと後ろへ飛ばされていたが、前へ戻るときに、必ず少女の顔の少し下を通過するのだった。まったく、とんでもない、豚以下の変態野郎だ。

しかし、大きい方を好むのがメステリアの常識というのは、いったいどういうことなんだ。

〈ジェス、勘違いしないでくれよ。大きな方に目が行ってしまうのは、背の高いヒマワリが咲いていたらそちらを見てしまうのと同じことだ。ごく自然な反応なんだよ。そっちを見てしまう野郎の中にも、本当は小さなスミレの方が好きな奴《やつ》だってもちろんいる。俺のいた国では、むしろスミレ好きの方が多数派だったぞ〉

――それは……よかったです……？

ちょっと、嘘《うそ》をついてしまったかもしれない。でも諸君は分かってくれるよな？　道端にひっそりと咲いているスミレの美しさを！

いやしかし、本当に歪《ゆが》んだ世界だと思う。このメステリアを変えられるのは、控えめさを美徳とする現代日本にルーツをもつ、この俺だけなのかもしれない。

ブレースは歩くことを憶《おぼ》えた人形のように、感情を表に出さない少女だった。ローブのフードを目深《まぶか》に被《かぶ》り、視線を少し下に向け、淡々とノットの後ろを歩く。俺とジェスは少し離れて、さらにその後ろを歩く。ロッシが自由電子のように、俺たちの間を駆け回る。

どうしてあの聖堂で監禁されていたのか、あそこで何をされたのか。気になりはしたが、とても訊《き》けるような雰囲気ではない。彼女の身体《からだ》から微《かす》かに漂う正体不明の嫌なにおいも、指摘するわけにはいかないだろう。旅の仲間は王都に向けて、粛々と歩みを進める。

そういえば。ミュニレスを出てから、ジェスはスカーフを外してノットの巻いたクリーム色の布が見える状態にしていたが、外したスカーフは、また左手首に巻いていた。カバンがあるのにどうしてしまわないのだろう、と思う。皺《しわ》になってしまうからだろうか？

疑問に思っていると、ジェスははにかんだように笑って、俺を撫《な》でてきた。

夕闇迫る頃、磔《はりつけ》の岩地《いわち》に入った。一メートルから数メートルの尖《とが》った岩が林立する、不気味な地形の一帯だ。ジェスによると、ここの地名も暗黒時代の出来事に由来するらしい。ある魔法使いがモズの早贄《はやにえ》のようにして大勢の人間をここの岩に突き刺したから、「磔《はりつけ》の岩地《いわち》」という名前になったのだ。ノットによれば、そうやって遺体を見せしめにすることには二つの意味があったという。まず、伏兵の隠れやすかったこの岩地において敵方の戦意を喪失させること。そして、死体を食いに来る鳥を集めること。人が動いたときに鳥が驚いて飛び立てば、伏兵を発見しやすくなる。魔法使いはまず対面では他種族に負けず、不意打ちが怖かった。だからこの地を制圧するために、死体の林を築いたのだとか。人骨が落ちていてもビビるなよ、とノットは言った。

……魔法使い、端的に言って殺人鬼では？　騎士道も武士道もあったもんじゃない。

ノットが適切なルートを選んでいるからか、俺たちはこれといった危機に直面することはなかった。夜が来ると、適当な洞窟を見つけて、そこで肉を焼いたりして夕飯にした。俺の食事は草や根菜ばかりだったが、これはこれで美味《うま》かった。俺たちが夕飯を食べている間、ロッシは寝ていた。ノット曰《いわ》く、俺たちが寝ている間の見張りをさせるのだという。狩人《かりうど》としてどういう経験をしてきたのか分からないが、ノットは抜け目がない印象だ。聖堂での一件でも、ノットは素晴らしい身体能力と頼りがいのあるリーダーシップを発揮した。もう俺の出番も終わりかな、と思い、心強くも、少し寂しくも感じた。

夜、ジェスは早々と眠りについた。死と隣り合わせの試練をくぐり抜けている最中だというのに、とても平和な寝顔だった。複雑な表情でジェスを見るノットを、俺は複雑な思いで眺めていた。

ブレースは、洞窟の入り口近くで、星空に祈りを捧《ささ》げている。目を閉じ、口は少し微笑《ほほえ》んでいるようにも見える。ノットの「寝られるうちに寝ておけよ」という忠告に、少女は小さく頷《うなず》いただけだった。

伏せてうつらうつらしていると、耳をつねられる。何だろうと思うと、ノットが俺の目を覗《のぞ》き込《こ》んでいた。

「外に出ねえか」

そう囁《ささや》いて、さっさと洞窟の外へ行ってしまう。

断る理由もないので、俺は後を追った。ブレースは岩肌にもたれかかるようにして眠っていて、その腹にはノットのチョッキがかけられている。夜空には霞《かす》んだ雲がかかっているが、洞窟の外は月で明るかった。しかし、月の大きさは、最初の夜――ジェスが木の下で俺を待っていてくれた夜に比べて、随分と小さくなっているように感じる。

適当な岩に腰掛けるノットの前に、俺は座った。

何の用だ、と言うように、俺はノットの顔をじっと見る。ジェスとブレースが眠っている今、こちらからノットには、言葉を使わない簡単な意思疎通しかできない。

「お前、死ぬ覚悟はあんのか？」

ノットはそう切り出した。何の話かまだ摑《つか》めていないので、頷《うなず》くことはせずに顔を見続ける。

「ジェスのために死ぬ覚悟はあんのかって、そう訊《き》いてんだ。王都に辿《たど》り着《つ》いたイェスマが、再び外に出ることはねえ。それはシャビロンも同じだ。王都に入ったとされるイェスマの同伴者は全員、イェスマと一緒に姿を消した。王都は閉ざされた秘境。そこで何が起こってんのかは、誰も知らねえ。もしかすると、殺されて何かに使われるだけかもしれねえんだぞ。それでもお前は、一緒に王都へ行くってのか？」

強く頷《うなず》く。

「そうか、大した度胸だな。俺はごめんだ。針《はり》の森《もり》を抜けて王都近くまで行ったら、俺は約束通り折り返す。俺は王朝を信用してねえし、セレスを泣かせたくもねえしな」

まっすぐ目を見たまま、俺は再び頷《うなず》いた。

「死ぬ覚悟があると言ったな。そんなお前には、これをやる」

ノットは小さな青いリスタ付きのアンクレットを二つ、そばにあった袋から取り出した。

「これは狩りのときロッシにつけさせているのと同じもんだ。水を操り氷を作り、地面の形状を変えられる。獲物を滑らせるための平らな氷や獲物を躓《つまず》かせる氷塊を作ることもできるし、デコボコした滑りにくい氷で足場を作ることもできる。水がたくさんあれば、足を取られるような沼地をつくることも可能だ」

相槌《あいづち》を打つ。

「実を言うとな、俺は殺し合いに慣れてねえんだ。イェスマ狩りは殺したいくらい憎んでるが、実際に殺したことは一度もねえ。昨日の晩は上手《うま》く事が運んだが、あれはお前が不意討ちにも ち込んでくれたおかげだ」

ノットが口《くち》の端《はし》で小さく笑みをつくり、鋭い犬歯がチラリと覗《のぞ》く。ノットは続ける。

「首輪を取り返すときに何人かと戦った。けど結果は、弱っちいのの脚を奪って片目を潰したくらいだった。多勢に無勢で、あとは逃げるしかなかったんだ」

自嘲気味に笑うノット。

「俺が殺した中で一番知能の高い生き物はヘックリポンくらいだろう。殺人を生業《なりわい》としているイェスマ狩りと対面したとき、お前たちを無事に逃がせる能力があるかも分かんねえ。お前、どうせ頭はいいんだろ。この道具を使って、ロッシと一緒に俺を援護してほしい」

一瞬他のことに気を取られていたが、俺は承諾の意を示すために二回頷《うなず》いた。

ノットは俺にアンクレットをつけてくれた。そして、目立たないように、アンクレットをジェスに渡したのと同じような布で隠した。

「使い方は感覚的だ。道中で練習しろ」

そう言ってノットは、近くに来たロッシの顎を撫《な》でる。

「何か質問や、言いたいことはあるか」

「……ンゴ」

これしか言えないんだ、察してくれ。

ノットは少しだけ口から笑いをこぼし、それからまっすぐ俺を見た。

「最後に。いざ戦うときがきたら、俺の言うことを聞け。いいな？」

頷《うなず》く。

「ロッシは必ず俺の言うことを聞く。だからこそ連携ができる。お前が俺の言うことに反した途端、連携は崩れ、隙ができる。ジェスを殺されたくなかったら、言うことを聞け」

息を吐いて、ノットは続ける。

「ただ最悪の場合、俺はお前を捨て駒にすることだってあるかもしれねえ。そのときは、どうするか自分で判断しろ。俺がお前を捨てるのは、究極の状況になったときだけだ。お前が死ぬかジェスが死ぬか、自分で決めるんだな」

返事を待たずに、ノットは洞窟へ戻る。ロッシが俺の方へ来て、舌を出してハアハア笑う。よく見ると、勇敢な猟犬の脚には、無数の傷跡があった。

翌朝、軽い食事をして、俺たちは出発した。岩地を抜けると穏やかな丘陵地帯が続き、さらに一日歩くと、前方に灰褐色の岩山が見えてくる。王都だ。富士山《ふじさん》のような独立峰だが、シルエットはそれよりも鋭く、高さはせいぜい一〇〇〇メートルくらいだろう。

近づくにつれて、山の下部がただの岩地ではないことが分かってきた。通常ならあるはずの裾野が存在せず、切り立った崖に囲まれている。崖も、ただの崖ではない。高層ビルくらいはありそうな、巨大な壁だった。内側へ行くにつれて高くなる層状の壁が、幾重にも山を囲んでいるのだ。無計画に開発されたのか、不規則な壁が段をなして折り重なり、その中にあるものを覆い隠している。武装したタケノコ、といった印象だ。ノットによると、山自体が一枚岩の城のようになっているのだという。王の山は、暗い針葉樹の森——針《はり》の森《もり》に囲まれている。

「遂《つい》に、見えてきましたね」

ジェスが言う。

〈そうだな。遂《つい》にここまで来た。後は針《はり》の森《もり》を越えるだけだ〉

先頭を歩くノットが振り返る。

「お前ら、こんな話を知ってるか」

ノットは口だけニヒルに笑わせて、ブレースを横目で見ながら右手で短剣をいじる。

「針《はり》の森《もり》のキノコは、夜になるとぼんやり光るんだ。俺も見たことがあるが、それはそれは幻想的な風景だぜ」

ジェスはノットの方を向く。

「それなら聞いたことがあります。光る原因は、よく分かっていないんですよね」

「いや、俺は現地の狩人《かりうど》に理由を教えてもらった。どのキノコも同じように光るんじゃなくて、強く光るとこがあれば、ほとんど光らねえとこもある。場所によってまちまちなんだ」

〈……というと？〉

　ノットの目がギラリと光る。

「あれはな、キノコに吸われたイェスマの血が光ってんだよ」


　日が暮れた直後。針《はり》の森《もり》のすぐ手前で、俺たちは小さな旅籠《はたご》に一泊することにした。灰色の石積みでできた、堅牢《けんろう》そうな洋館だ。内装は質素ながらも、きれいに管理されている印象を受ける。食堂には、銀の紋章――イェスマの首輪を使った、イェスマ保護者の証《あかし》が飾られていた。ただ、紋章の首輪はかなり黒ずんでいて、くすんでいる。

〈なあ、あの首輪、黒いぞ〉

　俺が伝えると、ジェスは不安げにそちらを見やった。

「本当ですね……あれほど黒い紋章は、見たことがありません」

　イェスマを守る者が管理をすると首輪はより輝き、悪意が近づいてくると、首輪はより黒くなる。そういう話だったはずだ。

　ノットは冷めた目で言う。

「針《はり》の森《もり》はイェスマ狩りの温床。飢えたならず者たちが跋扈《ばっこ》し、毎年一〇〇人近いイェスマがここで命を落とす。この辺りには邪気が充満してんだ。あれくらいの黒さだったら、まだ随分とマシな方だろ」

奥まったテーブルまで歩いていき、ノットはドサリと腰を下ろした。スカーフを巻いたジェスとフードを被《かぶ》ったままのブレースがその向かいに座り、俺とロッシはテーブルの脇にお座りする。小さな窓からは、紺色の夜に侵略されつつある真っ赤な夕焼けが見えた。

「お前らふた――三人とは、おそらく明日でお別れだ。お前らが王都に入れば、俺とは一生会うことがねえ。もちろん、死んだらそれっきりだ」

淡々と、ノットは言った。

「……俺は酒を飲む。お前らも、好きなものを頼め。この宿は、そういう宿だ」

厨房《ちゅうぼう》で腕を振るう男性は、物静かで、どこか悲しげな顔をしている老人だったが、料理は華やかで、豪勢だった。「そういう宿」とは、つまり、そういう宿なのだろう。

永遠の別れを覚悟した者たちの、最後の団欒《だんらん》の場所なのだろう。

ちょっと贅沢《ぜいたく》な料理がテーブルに並べられ、ノットはビールの入ったマグを掲げる。

「さあ、明日――」

――ごめんなさい……私、先に寝させていただきます
頭の中でブレースの声が聞こえた。振り向くと、ブレースはフードの下で、青白い唇をきゅっと結んでいる。

ノットは言葉を切り、問うた。

「なぜだ。食べていけ。明日に向けて、体力を――」

――疲れてしまったのです。食欲もありません。どうか、お休みさせてください
ノットはしばらく無言で考えていたが、やがて手近な骨付き肉を取り上げ、ロッシに向かって放った。ロッシは首を捻《ひね》り、口を大きく開いて上手に肉をキャッチする。

「部屋で寝てろ。ロッシが近くで見張りをする」

ブレースは小さく頭を下げ、そそくさと寝室に向かっていった。ロッシが肉を咥《くわ》えたまま、てくてくと後に続いた。

ノットはため息をついて、マグをテーブルに置いた。

「さ、とっとと食うぞ」

「……はい」

〈そうだな。早く食って、早く寝よう〉

お通夜《つや》のような雰囲気で、最後の晩餐《ばんさん》が始まった。それでもジェスは、一口一口を美味《おい》しそうに噛《か》み締《し》め、料理を少しずつ俺に分けてくれる。

「ほら豚さん、このお肉は、ウズラでしょうか。塩と香草が効いていますので、豚さんにはほんの少しですけど……はい」

ジェスの手の平に載った肉の欠片《かけら》を、俺はありがたくいただく。豚の口は不器用だ。ジェス

の手に唇が当たってしまう。ジェスはくすぐったそうに笑う。

　美少女の手の平を口でくすぐっているというこの特殊極まりない状況においても、俺の心が躍ることはなかった。それでも異世界の肉料理を味わい、感想を述べる。

〈美味《うま》いな、高級な焼き鳥みたいだ〉

「ヤキトリ？」

〈ああ、鶏肉《とりにく》を串に刺して火で炙《あぶ》った料理——俺のいた国の料理だ〉

「そんなものがあるんですね。そうですか、これが豚さんのいた国にも……」

　ジェスはウズラの香草焼きをしげしげと眺め、また一口、美味《おい》しそうに食べる。強い少女だ、と思う。この状況では、ブレースのようになってしまうのが普通だろうに。

　ジェスをぼんやり眺めながらビールを飲んでいたノットが、小さな声で言う。

「邪魔して悪いが、ここだけの相談がある」

〈何だ？〉

　俺とジェスはノットを注視する。

「優先順位についてだ」

　腹でも痛いのか、ノットは眉間に皺《しわ》を寄せて顔をしかめる。

「俺は命に重みづけなんかしたくねえ。人間だろうがイェスマだろうが、心ある者すべての命は平等だ。だが……だが明日もし、もし俺たちの命に危険が及んだら……ジェスかブレースか、いずれか一方しか助けられない状況になったら……俺たちは迷わず、ジェスを選ぶことにしよう」

「待ってください、ノットさん、そんな……」

「聞いてくれ。なあ。見ただろ。今のあいつは心を病んで、生きる気力もほとんど感じられねえ。だがジェスはそうじゃねえ。あいつのせいでジェスが死ぬのは、あいつだって嫌だろう。もちろんすべての命を守ることが最優先だ。だがどうしようもなくなったときは、ジェスの命をまず優先することに決めておくんだ。一刻を争う状況であいつの命を惜しみ、結果としてジェスの命を失うことになったら、俺は……」

ノットは中途半端《ちゅうとはんぱ》に言葉を切って、ビールを飲む。

〈ああ、ノットの言う通りだ。何よりもまず、ジェスの命を優先しよう〉

「ダメです豚さん、そんな……ブレースさんがかわいそうです」

マグがゴツンと、乱暴にテーブルへ置かれる。

「イェスマの悪いとこだよな。そうやってすぐ、他人のことから考える」

ノットの右手が、苛立《いらだ》ったようにマグを触っている。

「まず言わせてもらうとな、その豚野郎はお前のシャビロンだ。ブレースのじゃねえ。何よりもまずお前の命を守るためにいるんであって、途中で助け出した囚人のためじゃねえんだよ」

ジェスは言い返せずに、言葉を探して困っているように見える。

〈ノットの言う通りだ。俺は最初から、他でもない、ジェスを守るためにいる〉

ジェスは目を潤ませてこちらを見る。それが嬉《うれ》しさからなのか、悲しみからなのか、俺には読み取れなかった。

「私は……あの、ごめんなさい。そんなことを言っていただいたことがなかったものですから、何と言えばいいか……」

〈素直に喜んでくれるのが、俺としては一番嬉《うれ》しいんだけどな〉

「じゃあ、喜びます」

感情を学習したばかりのアンドロイドか何かか？　全然喜んでいるように見えないが。

地の文を読んだのか、ジェスは不器用に笑顔を作ってみせる。可愛《かわい》らしいのでよしとしよう。

ノットはしばらくジェスのことを見ていたが、何か思うところがあったようで、口を開いた。

「聞いてくれ、ジェス。俺には夢があったんだ」

ノットが唐突に語り始める。これまでにないほど、ノットは饒舌《じょうぜつ》だ。

「叶《かな》わなかった夢だ――もう叶《かな》えられねえ夢だ。シャビロンとしてある奴《やつ》と一緒に王都へ行き、死ぬまで一緒にいてやるという夢だった。そいつの骨が、この双剣に使われている」

ノットはテーブルに双剣を置いた。飾り気のない柄《つか》には、金属の他に、ツルツルに摩耗した象牙様の素材が使われている。修道院の炎上とともに連れ去られ殺された、イースの骨だ。

「馬鹿らしいと思うなら馬鹿にしろ。でもな、お前はそいつによく似てんだ。俺はせめて、お前を王都まで送り届けて、幸せにしてやりてえ。生きたくても生きられなかったあいつの分まで、お前に生きてほしいんだよ」

ジェスは目に涙を溜《た》めたまま、口を開く。

「……ありがとうございます。全員生きて、明後日《あさって》を迎えましょう」

ジェスの頭の中では、歪《ゆが》んだ不等号の向きは微動だにしていないようだった。

背中に何かが当たり、ビクッと目を覚ます。静かな夜だった。
――お豚さん、こちらに来てくださいませんか
一瞬誰かと思ったが、ブレースが手を伸ばして、俺を呼んでいるようだった。三人と二匹の大所帯が入る部屋はなく、絨毯《じゅうたん》を敷いた床に毛布を被《かぶ》って雑魚《ざこ》寝状態だ。ロッシが窓際《まどぎわ》で、耳を立てたまま伏せている。
ジェスとノットは寝ているようだ。俺は静かに起き上がり、ブレースの近くに寄った。ロッシの耳がピクリと動き、しばらくして、元の位置に戻るのが見えた。
――もっと近くに、来ていただけませんか
言われて、少し近づく。フードを被《かぶ》ったまま横になっているブレースまで、あと三〇センチ。
――もう少し、近くに

童貞の身体《からだ》が許容するギリギリまで、ブレースに近づいた。

——伏せて、いただけませんか
言われるがままに伏せると、ブレースの細い腕が俺の首に回された。

横になったまま抱きかかえられている。女の子に。

〈え、あ、あの……ちょっと？〉

ブレースの端整な顔が視界の端に映る。その豊かな胸が豚の脇腹に当たっているのが分かる。

そしてどこからか、肉の腐ったような異臭が漂っているのを感じる。

——ご無礼をお許しください。少し、寒いものですから
そうか、寒いなら仕方がないな——などとアホなことを考えながら、ブレースの腕が震えているのを感じ取った。多分、寒いだけではないのだろう。

〈何か、話でもしたいのか〉

——……はい
〈そうか、何でも言ってくれ〉

ブレースが唾を飲む、どこか苦しそうな音が聞こえた。

——お豚さんは、他の世界からいらっしゃったのですね
少し、驚いた。俺がどういうところから来たのか、ジェスもノットもあまり追究せず、「どこか他の国から来た変な豚」という感じで把握しているようだったので、メステリアの人間の

興味はそんなものなのかな、などと思っていたのだが、ブレースは今、明確に「他の世界」という言葉を使った。ここととは違う世界があるという視点を、ブレースはもっているのだ。

〈まあ……そうだな。メステリアとは全然違う、他の世界から来た〉

——お願いです。その世界のお話を、聞かせてくださいませんでしょうか
なんだ、そんなことか。

〈分かった。例えば、どんな話を聞きたい？〉

——盗み聞きは、大変失礼なことだと存じております。しかしながら、聞こえてしまったのです。お豚さんの世界では、胸の小さな女性が男の方に好まれるというのは、本当ですか
想定外どころではない質問に頭が停止して、何を訊《き》かれているのか、何と返せばいいのか分からなくなる。

〈すまん、俺はその……確かに小さい方が好きだが……別に——〉

——お豚さんの世界では、胸が大きいせいで男の方を惑わしてしまうことも、きっと、ないのでしょうね
それは質問というよりはむしろ、願望のように聞こえた。ブレースの意図に気付く。つらいことがあったのだろう。

〈……ああ、そうだな。ないな。お前なんて多分、ほとんど見向きもされない〉

——そうですか。そんな世界があるのですね……

ゆっくりと息を吐いてから、ブレースは続けた。
——明日私が死んだとき、そちらの世界へ生まれ変われたなら、どんなにいいことでしょう
淡々とした調子だったが、そこには深刻で、切実な痛みが刻まれていた。
〈縁起でもない。死ぬ前提で話をするな〉
——いいえ、死ぬのです
〈そんなことはない。希望は捨てるものじゃないぞ〉
ブレースの腕は、俺の首の後ろで震え続けている。
——……お豚さんにだけ、秘密をお話ししてもいいですか？
〈……ああ、秘密は守るが……〉
どうして俺なのだろう。
——お豚さんは、別の世界からいらっしゃったお方ですから。私は墓守のお家《うち》にお仕えしてから
らずっと、星々の向こうに別の世界があると信じて、祈りを捧《ささ》げ続《つづ》けてきました。ですから、
お豚さんこそ、私の最期《さいご》の祈りを聞いていただくお方のように思えるのです
ナチュラルに地の文を読まれてしまったが、まあいいだろう。
〈……分かった。聞こう〉
——ご覧になってください
ブレースは俺から少し離れて、ローブの前をはだける。とっさに目を閉じてしまったが、さ

つきより強い腐臭が漂ってきて、俺は目を開き、顔を向けた。暗い部屋の中でも、ブレースの臍《へそ》の下、下腹部の白い肌に、黒く大きな傷があるのが見えた。

――においますでしょう。膿《う》んでいるのです。皮膚や肉は、腐り始めています。血にも毒が回っているらしく、身体《からだ》じゅうが痛みます。死がすぐ近くまで、来ているのを感じます

〈……お前、刺されたのか？〉

――はい。あの聖堂の地下で。いろいろなもので、刺されました。たくさんの血が出ました

ブレースはローブを戻し、俺に再び腕を回す。腕の震えは弱々しい。

〈そんな、ひどい……〉

拙い言葉しか、出てこない。

――もうどうしようもありません。みなさんが助けてくださったときにはすでに、傷が開き始めていたのです

〈つらかっただろう〉

――ええ、とても

しばらく言葉もなかったが、ようやく、言うべきことを見出《みいだ》す。

〈ノットとジェスに相談しよう。治す方法があるはずだ〉

ブレースの首が小さく揺れた。

――お二人には、お伝えしないようにお願いします。ここは大変危険な場所です。ノットさん

はとてもお優しい方で、ご無理をなさる方でしょうから、私の命を助けようとして、危険を冒してしまうことでしょう。それがみなさんのお命を損ねることに繋《つな》がってしまうのは、私の本意ではありません

五臓六腑《ごぞうろっぷ》を鷲摑《わしづか》みにされたような気分だった。

〈でも、ブレースが王都へ辿《たど》り着《つ》くには……〉

――私は辿《たど》り着《つ》かなくてもいいのです。あなたとジェスさんに、この命を捧《ささ》げます

〈ダメだ、そんな……〉

そう言いながら、自分の言葉が上《うわ》っ面《つら》を滑っていくのを感じていた。

――死は救いです。もう死なせてください。このように生まれてしまった、私が悪かったのです。イエスマに生まれてしまった私が悪かったのです。この身体《からだ》で、顔で、声で、みなさんを惑わせてしまった私が悪かったのです

〈そんなことはない。身勝手にイエスマを搾取《さくしゅ》する奴《やつ》らが、悪いに決まってるだろ〉

――お豚さんの世界では、そのように考えるのですね

〈当然だ〉

――……より一層、行ってみたくなりました。お豚さん、私が死んだら、私をお豚さんの世界へ連れて行ってください。これが私の、最後の願いです

そんなことを俺に――とは、言わない。正しい答えは決まっている。

〈俺は祈らずともこっちに来たんだ。ずっと祈っていたお前があっちに行けない道理はない。ブレースは絶対に、俺のいた世界へ転生できるはずだ〉

——そうですか、ありがとうございます

フードの影の闇の中で、キラリと光るものがある。その美しく青い瞳から、涙が流れていた。気のせいかもしれないが、ブレースは今初めて、俺の前で笑っているのではないかと思った。

〈悪い……もういいか。ジェスがこれを見たら、誤解されてしまうかもしれない〉

——ええ、はい……

腕が緩む。起き上がろうとすると、その腕がまた、強く俺に縋《すが》ってきた。

——お待ちください。最後に、もう一つだけ

このセリフが出ると、次に来るのは超重要な情報だ。国語の教科書にもそう書いてある。俺は伏せた状態に戻って、伝える。

〈どうした〉

——一つ、どうしても、お伝えしておきたいことがあるのです

ブレースの指が、俺の背脂を握ってくる。

——私は墓守のお仕事をお手伝いしておりましたので、ご遺族の方とお話しする機会が多く、様々な方から、様々なお話を伺ってまいりました。そこで何度か、不思議な話を耳にしたのです

〈……不思議な話?〉

――王都には、入り口がないそうです
〈は?〉

――王都には入り口がないのです。だからすべてのイェスマは針《はり》の森《もり》で死ぬのだ、とおっしゃる方さえいらっしゃいました
背筋が凍るような思いがした。安全地帯を目指して旅するも結局そこには何もなかっただなんて、ありがちなゾンビ映画みたいじゃないか。嘘《うそ》だろう。

〈それじゃあ、俺たちは何のために、危険を冒して王都へ……〉

――安心してください、シャビロンの方とともにすっかり姿を消したイェスマも、確かにいると言われています。入る方法はあるはずです。もちろん向都《こうと》を達成した方々が外に現れたことはないのですが……それでもいつからか、王都への入り方について、こんな言葉が聞こえるようになったそうです
〈何だ、教えてくれ〉

――「王に訴えよ」

しばらく待つが、ブレースが続きを教えてくれる気配はない。

〈それだけか?〉

――はい。北部の一部地域では、そんな噂《うわさ》が流れています。イェスマが王都に入る方法は一つ、

「王に訴える」ことだ、と

〈王都に向かって叫べということか？〉

――分かりません。しかし、これほどまでに曖昧な噂《うわさ》が広まるのは、不思議だと思われませんか？　囁《ささや》かれる噂《うわさ》というものは普通、もっと具体的で、意外なもののはずです

確かに、「〇〇には妹がいる」というような噂《うわさ》が流れることは稀《まれ》だ。「〇〇には運動神経抜群で学業も優秀なブラコンの可愛《かわい》い妹がいる」という噂《うわさ》ならばあり得るが。

〈そうだな。曖昧だからこそ、むしろ不気味な説得力がある。他に聞いたことはないか？〉

――申し訳ございません、これ以上は聞き及びませんでした……

〈そうか、「王に訴えよ」、か……〉

――おそらく、お役に立たないことかと存じます。しかし恩人のお豚さんとジェスさんには、絶対に王都へ入っていただきたいのです。少しでもその助けになれれば、と……

二筋の光が、フードの下で輝く。

――どうか、どうかお願いします。あなた方は絶対に、生きて幸せになってください

最後の願いは結局、他人のことなんじゃないか、と思う。

ただ虚《むな》しくて、悲しいのに涙が出なかった。

第四章

決まりには必ず理由がある

the story of a man turned into a pig.

翌朝。遂《つい》に「針《はり》の森《もり》」へ入る日がやってきた。王都はもう遠くない。おそらく今日のうちに、俺たちの運命は決まるだろう。

そう考えると、無性に心臓が主張したがる。ジェスも緊張しているのか、下唇を噛《か》みがちだ。ブレースは今まで通り、人形のように黙っている。昨晩のことは、何もなかったかのようだ。

――昨晩のことって、何ですか

ジェスが耳聡《みみざと》く訊《き》いてくる。おっと。

〈ブレースとちょっとした会話をしたんだ。それだけだよ〉

二人でこっそりジェスの寝顔を見て笑っていただなんて、口が裂けても言えない。

――え、私の寝顔……？　そんな、恥ずかしい……

〈嘘《うそ》だよ。地の文を捏造《ねつぞう》しただけだ。騙《だま》されたくなかったら、勝手に読まないことだな〉

ジェスはハッと口に手を当てたが、次に俺を見ると、ぷくっと頬を膨らませる。

――じゃあ豚さんも、私の下着は勝手に見ないでくださいね。今日はせっかく、お気に入りのものを穿《は》いているんですがえ、そうなの……？

慌てて前言を撤回しようと思ったが、そもそも下着を勝手に見ていいという前提自体が異常だということに、賢明な俺は先に気付いた。

さらにもっと聡明《そうめい》な俺は、こんなアホみたいな会話をする俺たちが、死の恐怖から必死に目を逸《そ》らそうとしているのだと気付いていた。

天気は曇り。窓を開けると風はジメジメと湿っていたが、暑いというほどではない。森の中はかなり暗いだろうとノットは言う。

俺たちは荷物をまとめて、食堂に繰り出した。

ジェスはいつものワンピースを着て、俺と一緒に買ったスカーフを首に巻いている。ブレースはローブ姿だ。ノットは革と金属でできた身軽そうなアーマーを腕や脚に装着している。腰からは見たことがないような金属製の小物がいくつかぶら下がっていた。ロッシは前脚のアンクレットに加えて腹部を守る革の腹巻きのようなものを装着。俺はアンクレット以外身につけず、ほとんど丸裸だ。

「パッと見たときにただの豚だと油断させることが大切なんだ。怪我《けが》したら王都で治してもらえることを祈るんだな」

ノットはそうやって軽口を飛ばしながらも、手の平の汗をしきりに服で拭いていた。

覚悟が決まらないのか、朝の軽食が終わってもノットは掲示板を見たりしてなかなか旅籠《はたご》を出ようとしない。そうしているうちに何かを見つけたようで、俺たちを掲示板のところへ呼ぶ。

「おい、キルトリンの屋敷でリスタの密売人が捕まったと書いてあるぞ」

見ると、羊皮紙のようなものに文字だけで記事が書いてあるようだった。

「日付も合う。お前らがやったのか？」

ジェスは俺を見る。俺が頷《うなず》くと、ジェスは言った。

「はい。私を……その、暗殺しに来た方を、倉庫に閉じ込めたんです」

裏路地で目撃した二人の風体をあえてぼかしながら顛末《てんまつ》を語ると、ノットは眉をひそめる。

「キルトリに行くような大きな密売組織となると、そんなに多くはねえ……もしかするとその一味に、イースの仇《かたき》がいるかもしれねえな」

俺はノットの気が変わらないよう、適当に流して出発を提案した。

だってそうだろ。俺たちが閉じ込めた男は、脚が悪くて、左目に刀傷があった。ノットは首輪を取り返したとき、「弱っちいのの脚を奪って片目を潰した」と言っていた。

偶然の一致と信じたい。ノットが復讐《ふくしゅう》に燃えて、キルトリへ戻ってしまっては困るのだから。


そのときは突然訪れた。森に入って一時間も経《た》たないうちのことだ。暗い針葉樹林の中、どこか上の方でカサっと音がしたかと思うと、長いロープにぶら下がり、振り子のように素早く迫ってくる一つの影があった。

「隠れろ！」

ノットが鋭く叫んで、一瞬で双剣を抜く。

ノットの手元から飛んだ二つの炎の衝撃波は「影」を確実に捉えていたが、「影」がロープから離れて上方へ跳ねたために、虚《むな》しくロープを切るだけに終わった。宙を舞った「影」は枝を使って急に方向を変えると、こちらに向かって何かを飛ばしてくる。

回転するそれの進行方向には、灌木《かんぼく》の陰に伏せようとしているジェスがいる。だが間に合わない。俺はとっさの判断で、ジェスに跳びかかって盾になった。

バチッ。

大きな音がして、俺は死を覚悟した。痛みはない。しかし温かい液体が、俺の顔面に飛び散っていた。

時が止まる。

ブレースの胴体に、紐《ひも》が巻きついている。紐《ひも》には撒《ま》き菱《びし》のような形の大きな突起物が三つ付いており、そのすべてがブレースの胴体に深々と突き刺さっていた。白い麻のローブが、みるみるうちに血で染まっていく。

ブレースは俺たちから離れるようにフラフラと数歩歩いて、倒れた。フードが外れ、青白い顔に諦めたような笑みを浮かべているのが見える。そんな……

——ありがとう、ございました

消え入りそうな声が、俺の頭の中で反響する。ノットが周囲に視線を飛ばしながら、俺たちの方へ駆け寄ってきた。ジェスは無事、灌木《かんぼく》の中に身を隠しおおせていた。ノットとロッシと俺が、その周囲を庇《かば》い守る。

ブレースは少し離れたところで仰向けになって、フワフワとしたモミの葉の上で手足を投げ出している。ローブが下腹部ではだけて、生々しいあの傷が露《あら》わになっていた。選択の余地など、俺にはなかったらしい。ブレースは自ら進んで、ジェスと俺の身代わりになったのだ。

「影」はどこか木の上へと姿を消している。ノットはハンドサインをしてロッシを放ち、しきりに上方を警戒する。

森の奥から、かなりのスピードで蹄《ひづめ》の音が近づいてくる。

「おい！　殺すなっつっただろうが。愉《たの》しめなくなっちまったじゃねえかよ」

大きな黒い馬に乗った、大男だった。声に聞き覚えがある。気が付くと、馬に乗った四人の男に、俺たちは包囲されていた。

ノットは俺と同じように、大男に驚愕《きょうがく》の目を向けていた。

俺はとっさに判断し、ブレースのもとへ駆け寄った。

死にゆくブレースの身体《からだ》に執着し、ブグブグ言いながら鼻先で彼女の腕をつつき続ける。

あの大男は、キルトリでジェスを殺すよう指示していた男に違いなかった。あいつはジェスを狙っているかもしれない——もっと言えば、豚を連れたイエスマを、狙っているかもしれないのだ。ただ大男は、ジェスを直接見たことがないから、ジェスの容貌を知らないはずだ。

「豚がいます！」

馬に乗った一人が大男に言う。「I have a pen.」くらい汎用性のないこの発言は、あいつらの目標に豚が含まれているという特殊な文脈でしか意味をなさない。俺の行動は正解だった。

「見えてらあ。どうも当たりだったみてえだな」

大男はこちらへ馬を進める。乗り手も馬も、不気味に光る鋼鉄の鎧《よろい》を纏《まと》っていた。恐ろしいが、俺は演技を続ける。ジェスが死んだと思い込ませれば、危険は幾分か減るだろう。

「なんだ、死んだうえに腹無しか」

大男はブレースを見て、冷たい声で吐き捨てた。

「クソ野郎、それ以上近づくな」

ノットが剣を高い位置に掲げ、低い声で威嚇した。

「お、なんだなんだ。やけに威勢のいい兄ちゃんじゃねえか」

「近づいたら殺す。お前たち全員を相手にして、勝ち目がねえのは分かっている。だがお前」

ノットが左手の剣を大男の顔へ向ける。

「お前だけは絶対に道連れにしてやる」

大男は右手を幅広の長剣にかけて警戒しながらも、不気味に笑ってノットを見る。

「ほう。俺に恨みでもあるのか」

「五年前、お前たちから首輪を奪い取ったガキのことを憶《おぼ》えてるか」

大男はしばらく考えていたが、やがて黄色い歯を見せてニンマリと笑った。

「ああ、あのときの小僧か。立派になったもんだ」

――場を乱せ、豚。ジェスは俺が守る。右前方はロッシに任せてある。お前はこの状況を打開し、その後、大男の真後ろに回って足場を乱すんだ。右前方はロッシに任せてある。俺たちは左前方に抜ける
大男の言葉の裏でノットの指示が聞こえてくる。ジェスを通じて、俺たち三人は繋《つな》がっていた。

「あのイェスマはなかなかの上物だったぞ、若造。殺すのが惜しくて、三日くらいおもちゃにしてから首を落としたっけなあ。あんだけ乱暴されても、死ぬまで頭がはっきりしてたみてえだ。イエスマの分際で、泣き喚《わめ》いて命乞いまでしてきやがった」

聞いているだけでも吐いてしまいそうになるくらい、酷《ひど》い話だった。しかし俺にはやることがある。ブレースの周りをウロウロしながら、アンクレットに意識を集中させる。運良く、近くに川が流れている。ここならば、水は豊富にあるようだ。

「…………」

ノットは怒りを堪《こら》えている様子だった。大男が追い討ちをかけるように言う。

「そういやお前は悪趣味にも、取ったばかりのイェスマの骨まで持って行きやがったんだっけ

なあ。憶《おぼ》えてるぜ。あの骨はまだ大切にしているか？」

「黙れ」

〈ノット、これから木を倒す〉

――木だって？

豚の身体《からだ》で場を乱せなどという難題に対して、俺が思い付いたのはそれだけだった。諸君は意外に思うかもしれないが、樹木の根というのは基本的に横方向に伸長する。こうした針葉樹林の場合、根は深さで言えばせいぜい五〇センチくらいまでに集中しているだろう。それより深く根を張っても、有用な物質を吸収することができないためだ。だから、木の根のある部分を凍らせ、その下の層を液状化させれば、木は簡単に倒すことができる――と俺は踏んだ。

準備はできた。俺はアンクレットに念を入れ、木の根のうち、大男とは反対方向にある部分の下から、地下水を凍らせた氷柱を隆起させる。

ミシミシッと音を立てて、木が大男の方に傾いていく。大男はそちらにチラリと目を遣《や》り、周りの男たちは上に気を取られて驚きの声をあげた。俺はその隙に、大回りして大男の後方へ回る。ロッシが先回りして、氷で足場を作ってくれていた。俺が通る足場以外は泥沼のようになっている。

見立て通り、俺が倒した木の上にはブレースを殺した忍びの者が潜んでいた。奴《やつ》は慌てて隣の木に飛び移ろうとするが、下から飛んできた炎の衝撃波にあっさり脚を切断される。本体は他の木に到達したが、片脚はそのまま下へ落ちていく。

ノットはもう一つの炎を大男の馬の脚に向けて飛ばし、それも見事命中させていた。しかし、馬の脚は防具に守られた。それでも馬を驚かすには十分だった。馬が嘶《いなな》き、その場で前脚を上げる。大木の幹が、重力で加速されながら大男に迫る。

大男が長剣を抜いた。剣先が大きな弧を描き、倒れゆく木が粉微塵《こなみじん》になって吹き飛ばされる。周囲を木屑《きくず》が舞い、視界を埋める。

ノットはその間に、ジェスを庇《かば》いながら左前方へ移動。俺は大男の後方の地面を凍らせて、穴だらけの硬い地盤を作った。穴は馬の脚が入るのに十分な大きさにしてある。

ノットは舞うように双剣を振って、炎の衝撃波を乱射する。大男は幅広の剣を盾にして、器用に攻撃をいなした。他の騎兵三人は、怯《ひる》んで後退する。

後退した馬のうちの一頭が、ロッシの作った沼に足を取られてもがく。振り落とされそうになる騎兵の首元に、ロッシが襲いかかる。一瞬にして、ロッシの頭部が返り血に染まった。騎兵はそのまま落馬して、泥水を跳ね上げた。鮮やかな手際《てぎわ》だ。まずは一人。

血塗《ちまみ》れのロッシは、俺が作った地盤の後方に退避してくる。沼のような地面を警戒し大回りした別の騎兵は、ロッシにボウガンを向けた。しかし次の瞬間、馬の後ろ脚が俺の作った穴にハマる。馬は大きくバランスを崩し、パキッという乾いた音がした。脚が折れたのだろう。馬には申し訳ないことをした。

男が地面に振り落とされる。ノットが倒木を飛び越えてきて、一瞬で男の首を落とした。

ノットの髪は乱れ、整った顔が、今では鬼神のような形相だ。

〈ジェスはどうした？〉

――岩の中だ。木をもう一本、俺たちに向けて倒してくれ
ん？　岩の中？

――大丈夫です、豚さん、ノットさんの道具を使って、身を隠しています
ジェスの声が聞こえてきて、安心する。温かい血が身体《からだ》じゅうを巡り始めた。

手近な木を倒しにかかる。その間に、ノットとロッシは倒木に隠れながら、脚を落とした忍びの者がいる木の方へと走る。

知っている限りでは、残りは大男、騎兵が一人、忍びの者が一人。

大男が剣を振るい、その衝撃波で俺たちが隠れている倒木を吹き飛ばす。とてつもない威力だ。俺は逃げるように移動して、他の木の陰に伏せながら、アンクレットに念を入れてその木をノットたちの方へ倒した。

ノットの双剣の炎が見えた。双剣は木を切ったようで、俺が倒した木に横からもたれかかるようにして、もう一本の木が倒れてくる。

「退《ひ》けえ！」

大男の声が聞こえてくる。二本の木は折り重なるようにして、大男たちの方へ倒れていく。

バキバキと周囲の枝を折りながら、二本の木が地面に倒れた。ノットはそのうちの一本の上を走って、まっすぐ大男の方へ向かう。

突然、ノットが前方につんのめる。見ると、木にしがみついていたらしい忍びの者が、ノットの足首をつかんでいるようだった。ノットは幹に思い切り頭をぶつけて、そのまま地面へ落ちた。ノットを援護するはずのロッシの姿はない。

〈危ない!〉

そうは言っても、この瞬間に、俺にできることはなかった。

——侮《あなど》るな

ノットの声が聞こえた。

キン、と金属同士のぶつかる音がして、続いて炎の弧が見えた。ノットがフラフラと立ち上がる。忍びの者は、胴体を斬られて絶命していた。ノットはなおも剣を振り、大男ともう一人に向けて炎の衝撃波を飛ばす。だが二人とも、自分の剣で衝撃波を受けた。炎は火の粉になり、消える。

「どうした、もう終わりか」

大男が野太い声で言い、長剣を構える。もう一人は素早い動きでボウガンを取り出す。

そのとき、男たちの後方で爆発音がして、木がさらにもう一本、男たちの方へと倒れてくる。いなくなっていたロッシはいつの間にか敵の後方へ移動して、こちらと挟み撃ちにしていたのだ。ボウガンの矢はあらぬ方向へ飛び去っていく。轟音《ごうおん》と土煙で、森の中は混沌《こんとん》とした状態だ。

木がこちらへ倒れてきたので、俺はノットが指定した逃走ルートの方へ回避する。

——今だ。逃げろ。ジェスはお前の近くで、岩に擬態したシエルタの中に隠れている
ノットの声がした。

〈でも、もう少しで全員倒せるんじゃないか〉

——素人《しろうと》が分かったような口を利《き》くな。大男を殺すのには時間がかかる。そして、もうお前は必要ない
見えない衝撃波が飛んできて、近くの立ち木を木っ端微塵《こっぱみじん》にする。

確かに、こんな状況にいれば、すぐにでもミンチになってしまいそうだ。

——王都はもうすぐのはずだ。俺に構うな。先に行け
テンプレのセリフ。だがノットが言うと、やけにカッコよく聞こえる。

〈絶対に、死ぬんじゃねえぞ〉

——お前もな
思ったよりも遠くに、ノットの双剣の炎が見えた。グルルルという犬の唸《うな》り声《ごえ》も、いつの間にかかなり離れている。あっという間に、周囲に静寂が戻ってきた。

近くの岩が砂となって崩れて、中から麻布を被《かぶ》ったジェスが出てくる。

ジェスは俺をまっすぐに見た。

「豚さん。ノットさんが言ってるんです。行きましょう」

ジェスがそう言うのなら、異論はないな。

〈まだ残党がいるかもしれない。警戒しながら逃げよう〉

そうして俺たちは、戦場を後にした。

剣と剣のぶつかる音は、もう微《かす》かにしか聞こえなかった。


俺たちはできるだけ目立たないようにしながら、木々の間から見える岩山をただひたすらに目指した。ジェスはしきりに、俺の身体《からだ》を手で触ってくる。

〈不安か〉

——ええ……ノットさんは大丈夫でしょうか
〈あいつのことだ。もう敵を倒して、セレスの待つ村へ戻ろうとしているに違いない〉

——そうですよね。ノットさんですから……

ジェスは短時間で起こった衝撃的な経験の連続に怯《おび》えてしまっているようだ。

〈ブレースのことは、本当に残念だった。でもあの子のおかげで、万が一残党が逃げ延びたところで、ジェスは死んだと伝わるはずだ。追っ手はもういない。あとはできるだけ身を潜めて、イエスマ狩りとの遭遇がないことを祈ればいいんだ〉

――そうですね。祈ります

〈もし遭遇しても、相手は俺たちのことを舐《な》めてかかってくる。ジェスは可愛《かわい》いから、色々してから殺そうなんて考える奴《やつ》も多いだろう。そうすれば、俺がジェスを逃がす機会だってあるはずだ〉

――可愛《かわい》いだなんて、そんな……

〈謙遜するな。童貞の俺が可愛《かわい》いって言ってんだから、可愛《かわい》いんだ〉

――……ありがとうございます

〈よし。じゃあ、万が一イェスマ狩りが俺たちを見つけたときに、何ができるか確認しておこう。俺はノットから魔法のアンクレットをもらった。攻撃力は低いが、ある程度の妨害には使えるはずだ。ジェスもさっき、岩に擬態するシエルタとやらを使ってたよな。他にも何か、ノットから小道具をもらってたりするのか?〉

――ええ、爆弾とシエルタが、一つずつ残っています

ジェスはそう言って、カバンから二つの金属球を取り出す。複雑な細工が施されたゴルフボールほどの銀色の球に、小さなリスタが埋め込まれている。片方は赤で、もう片方は黄色だ。

――そしてもう一つ……ノットさんが「最悪のときにだけ使え」と言っていたものが……

ジェスはさらに、似たような金属球をもう一つ俺に見せた。オオカミの彫刻で飾られ、緑のリスタが嵌《は》め込《こ》まれている。

〈それは何だ？〉

――狩人《かりうど》さんたちが使う、「狼起《おおかみお》こし」という道具だそうです。耳には聞こえない音を出してオオカミたちを呼ぶ道具のようですが……オオカミは私たちも襲うので、大変危険です。ただ、イエスマ狩りに見つかったときは、オオカミを集めてシエルタの中に隠れていれば命拾いするかもしれない、とのことで……

なるほど、妙案だ。しかし、オオカミが来るのには時間もかかるだろう。その間に、イエスマ狩りによってシエルタが暴《あば》かれてしまっては意味がない。他の道具を使っていかに時間を稼ぐか、というのが重要になってくるはずだ。

〈まあ、これだけあれば何とかなりそうだな。俺を信じろ。絶対に、ジェスを王都まで送り届けてやる〉

ジェスは不安そうに、三つの金属球をカバンへしまう。

――ありがとうございます。絶対に、二人で一緒に王都へ入りましょうね

ああ、と言いたいところだが、一つ、言っておかなければならないことがある。

〈なあジェス。一つ、守ってほしいことがある〉

――何でしょう

〈俺はジェスの助けなしには、王都へ入れないだろう。豚だからな。だがジェスは行ける。一人でも、王都に入れるはずだ。だから万が一俺に何かあっても、ジェスはまっすぐ王都を目指

せ。いいな？〉

案の定、ジェスは納得のいかない顔をする。

――でも私、豚さんがいないと……

〈俺やノットは、ジェスのため、ジェスを無事送り届けるために命を懸けてきたんだ。ジェスには義務がある。もし独りになっても、俺たちの努力を無駄にしないでほしい〉

――そうですよね、分かりました

ジェスの顎の輪郭を、汗がすっと伝う。汗は「きれいな浅い湖のような色」のスカーフに吸い込まれた。

悲しげな瞳が俺を見る。

〈どうした〉

――あの、私……

ジェスはすっと目を逸《そ》らした。

――えっと……やっぱり、なんでもないです

何を言おうと思ったのか、詮索はしないことにした。

薄暗い森に道はなく、俺たちはただ、希望に向かって歩き続ける。

待っていたのは、切り立った崖だった。山を目指していたのだから、目的地には到着したはずだ。しかし、入り口が見当たらない。少なくとも、俺たちの辿《たど》り着《つ》いた場所からは、王都には入れないようだった。入り口はない、入るには「王に訴えよ」——ブレースの言葉が蘇《よみがえ》る。しかし、方法が分からない。

〈ジェス、ダメもとで、王都に向かって叫んでみよう。「入れてください」と、そう叫ぶんだ。イエスマ狩りに見つからないよう、叫んだらすぐに移動する〉

——分かりました

ジェスは大きく息を吸い込む。

「入れてください！」

ジェスの声が響き、近くにいたカラスが何羽《なんわ》か驚いて飛び立っていった。しかしそれ以外、何かが起こる気配はない。やはりダメだったか。

今はとにかく、手掛かりを探して歩き回るしかないだろう。日は傾こうとしている。ところどころでカラスの鳴く声が聞こえる。

〈違ったみたいだな、仕方ない。崖に沿って歩くしかないな。行くぞ〉

目立たないよう木立の中に少し入って、俺たちは終わりの見えないハイキングを始めた。美少女と心を通わせながら歩く、夕方の森。聞こえるのは静かな木々の囁《ささや》きと、虫や鳥の声だけ。ジェスが命を狙われる立場でなかったらどんなに幸せだっただろうと思った。

日は暮れて、空は暗くなり、月明かりが森を照らし始めた。ノットの言っていたことは本当だった。暗い林床のところどころで、ぼんやり光るキノコのコロニーが見られた。そこでブレースのようにイェスマが息絶えたのかと思うと、やりきれない気持ちになる。

何時間経《た》っても、入り口は見つからない。ジェスの足取りが覚束《おぼつか》なくなる。もうずいぶん長いこと歩いた。俺はジェスに命じて、俺の背中に乗らせた。

〈寝るなよ〉

――寝ません。だから、ずっとお喋《しゃべ》りしましょう

俺とジェスは他愛もない言葉を交わした。もうこうやって喋《しゃべ》ることもなくなってしまうかもしれないということを、俺もジェスも意識していたと思う。

どれだけ歩いただろうか。もう真夜中になっていたと思う。俺の脚が止まった。遠くの茂みから足音が聞こえたような気がしたからだ。

ブン、と低い音が通過して、近くの木に何かの当たる音がした。ジェスが無言のまま体勢を崩し、俺の背中から滑り落ちる。

〈どうした!〉

ジェスが眉間に皺《しわ》を寄せて、地面から俺を見上げる。

——どなたか、いるようです

水色のワンピースの右肩が、黒く染まっていた。左目で音のした木を見ると、短い矢が突き刺さっている。一八〇度反対側を右目で見る。茂みの向こうの暗闇の中、一〇メートルほど離れたところで、黒い服に身を包んだ男が一人、クロスボウを構えてこちらを窺《うかが》っていた。男の放った矢が、ジェスの肩をかすめて木に刺さったらしい。俺は伏せて身を隠す。

「お嬢ちゃん、逃げても無駄だ。大人しく、出ておいで」

汚らしい男の猫撫《ねこな》で声《ごえ》が聞こえる。

〈動くなよ、ジェス。傷は深いか？〉

——いえ、大丈夫です

そっと左手を動かして、右肩を押さえるジェス。その手の下から、黒い染《し》みが広がっていく。

冷静な呼吸ができない。ジェスが傷ついてしまった。大丈夫とは言っているが、ジェスはどんなときだって大丈夫と主張する少女だ。ひどい傷かもしれない。相手は武装した男。どうすればいい。どうやったら、ジェスを逃がせる。

——あの……私は大丈夫ですから……豚さんは逃げてください

信じられない言葉が、俺の脳内で響いた。優しさというよりは、もはや冷たさだ。

〈馬鹿言うな。俺がここで逃げたら、この旅に何の意味があったっていうんだ〉

——私、とても楽しかったです。だから——

〈遠足を楽しむためにここまで来たわけじゃないだろ。俺がジェスを見捨てることは絶対に、万に一つもあり得ない。頼むから、それだけは分かってくれ〉

ジェスはこちらを見て、一筋の涙を流す。その顔は笑っていた。

「他に誰かいるのかい？　コソコソ相談しても無駄だ。その矢にはね、毒が塗ってある。もう命は助からないさ。仲間がいるなら、仲間だけは、逃がしてやってもいいけどね」

嘘《うそ》だ。まさか……パニックになりかけるが、冷静にジェスの肩を嗅ぐ。美少女の血のにおいと、美少女の脇の香り以外、特ににおいがすることはない。毒はない。

〈ハッタリだ。仲間が潜んでいないか探ろうとしているだけだ。答えちゃいけない〉

口を開きかけていたジェスが、慌てて口をつぐむ。

「どうした、お嬢ちゃん。おいらの狙いはお嬢ちゃんだけだ。そっちに行くよ。いいね？」

男は相変わらず呼びかけてくるが、周囲を警戒しているようで、まだ動く様子はない。しかし、いつこちらに来てもおかしくないし、相手が一人であるという保証もない。

自分たちが持っているものを急いで再確認する。まず、地面の水を操るアンクレット――しかしこれは、この距離で男を攻撃するには動きが遅すぎる。周囲には水も少ないため、木を倒すのも難しいだろう。次に、オタクが操る豚の身体《からだ》――クロスボウで迎え撃たれたら致命傷だ。そしてジェス――ダメだ、今のこの状況では、囮《おとり》にするのすら危険すぎる。

とすると、使ったことはないが、ノットから授かった三つの道具を活用する他ないだろう。

地の文を読んだのだろう。ジェスは地面に横たわったまま、血だらけの右手をこっそりと動かして、カバンから三つの金属球を取り出す。それぞれ赤、黄、緑の極小リスタが嵌《は》め込《こ》まれている。爆弾、シエルタ、狼起《おおかみお》こし。

「おや、何かしているね。よくない。おいらも一人だから、抵抗されると面倒なんだな」

男は周囲を窺《うかが》いながら、慎重にこちらへ一歩踏み出す――フリをした。男の足は元の位置に戻る。……そうか、あっちは別に、ジェスを殺すことを急いでいるわけではない。イェスマはカモがネギを背負《しょ》って鍋の素《もと》を咥《くわ》えているような種族だ。手負いだから逃げられる心配もない。相手にとって危険なのは、イェスマではなく、その取り巻きにいるかもしれない連中なのだ。仲間がいたらまずはそちらに対処して、ジェスが一人だと確定してからジェスに手をかければいい。今すぐ殺さずに生かしておけば、それなりのお楽しみもあるのだろう。

涼しい風が暗い森の木々を揺らす。俺は風を嗅いだ。左側からは、人のにおいはしない。しかし前方に、猫撫《ねこな》で声《ごえ》の男とは別にもう一人、汗臭い人間が潜んでいるようだ。戦力を偽り、こちらの油断を誘っている。きちんとした作戦のもとで動く、慎重な相手と見受けられる。

しかしもちろん、ここでジェスを死なせるわけにはいかない。

〈さあジェス、最後の一勝負だ。死ぬ気で生きるぞ〉

「ノットさん、ダメです。来てはいけません」

ジェスが声に出して言う。その声に紛れて、ジェスの右手が「狼起《おおかみお》こし」を起動する。

ギイィィィイン！　ギイィィィイン！

途端に、頭蓋骨の裏を突き刺してくるような超高音が鳴り響く。予期はしていたが、やはり苦痛だ。オオカミやイヌは――もちろんブタもだが、人間より遥《はる》かに高い周波数の音を聞くことができる。「狼起《おおかみお》こし」はそれを利用して、人間に聞こえない音域で爆音を出し、オオカミを呼び寄せる――というか怒らせる――道具なのだろう。

ジェスの言葉に反応して、クロスボウを構えた男の身体《からだ》がジェスの声の向いていた方――つまり俺の後方へ向けられる。「狼起《おおかみお》こし」の騒音の後ろから、猫撫《ねこな》で声《ごえ》が途切れ途切れに聞こえてくる。

「やっぱり、――――いるね。コソコソ――――もしかすると、と思ったんだけど。でも――――このイェスマは助からないよ。毒が――――ノットとやら。諦めて帰ったらも一人だし、あんまり君と――――」

語りかけながら、男はクロスボウを顔の位置まで上げて、「ノット」がいるはずの方へ一歩進んだ。クロスボウが懐中電灯のように光を発し、男の前方と、小汚い無精髭《ぶしょうひげ》に縁取られた男の頬を照らす。バシュッと音がして、男の放った矢が虚を貫いた。男は素早く次の矢をつがえる。その間に俺は、急いで左前方を目指す。

パキッ。

移動途中で枝を踏んでしまい、直後、後ろ脚に焼けるような激痛が走った。矢が刺さったようだ。ピギィ！――と叫びたくなるが、鳴き声はあげない。口に咥《くわ》えた金属球を、決して落としてはならないからだ。俺は左前方を目指し、残り三本の脚で藪《やぶ》の中を走り続ける。

「なんだい、イノシシか」

猫撫《ねこな》で声《ごえ》の男が独り言のように言うのが聞こえた。

ギイィィィィン！　ギイィィィィン！

「狼《おおかみ》起《お》こし」はまだ鳴っている。俺は一目散に走り、敵のいない左前方へと抜けた。ちょうど、俺と、潜んでいる男のいるあたりと、猫撫《ねこな》で声《ごえ》の男とが、だいたい一直線上に並んだ。近くに手頃な木がある。俺はその根元に、慎重に金属球を置いた。金属球からは、折り畳みナイフのようになった金属の爪が、ジェスによって引き出されている。これを折ると……。

前脚で踏んで、爪を曲げた。カチッという音がする。さあ逃げよう。

俺はジェスを援護できるように、元いた場所より風上側へ向かう。男たち二人は風下側にいる。ジェスが半ば這《は》うようにして男たちから遠ざかり、俺との合流を目指すのが見えた。

〈来るぞ、備えろ〉

俺がジェスに伝えた途端、オレンジ色の閃光《せんこう》と衝撃波のような爆音が闇を引き裂いた。次にミシミシミシと恐ろしい音が聞こえ、針葉樹の太い幹が、男たちの方へ倒れていく。

猫撫《ねこな》で声男《ごえおとこ》のクロスボウの光が荒ぶっているのが見える。もう一人の男が慌てて立ち上がり、爆発した場所を警戒する様子で退避する。何か言っているようだが、「狼起《おおかみお》こし」の音に紛れて聞こえない。この間にできるだけ距離を稼ぎ、ジェスには逃げてシエルタに隠れてもらう。シエルタが見つかるのは時間の問題だが、オオカミが来ればイェスマ狩りも断念するだろう。

俺は立ち止まって、アンクレットに念を入れた。地面から少しずつ水が染《し》み出《で》てくるのが見える。そうしているうちにも、木は枝を折りながら倒れ、周囲の視界を遮ってくれる。

ギイィィィィン！　ギイィィィィン！

腹の内側に入り込んでくるような不快な音が、俺をむしろ奮い立たせる。

〈ジェス、後は任せろ。男たちは俺が食い止める。できるだけ離れて、目立たない場所でシエルタに隠れるんだ〉

――はい、分かりました

従順な声が頭に響いて、安心した。これでジェスは助かるだろう。念を強くして、局所的に泥沼を作る。さらにところどころを凍らせて、できる限り歩きづらいように工夫する。陰キャを舐《な》めるなよ。嫌がらせは得意なんだ。

倒木と泥沼で一通りのセッティングが終わったので、俺はさらにジェスの向かった方へ退避し、再び男たちの方を警戒しながらアンクレットを使った。そのとき。

――豚さん、助けてください！

ジェスの声が脳を震わせた。俺は急いで風を嗅ぎ、ジェスのにおいがする方へ向かう。ジェスは地面に倒れていた。水色のワンピースを着た身体《からだ》が、土の上に横たわっている。

嘘《うそ》だろ。何があった。

慌てて駆け寄ると、ジェスは突然、怪我人《けがにん》とは思えない俊敏さで俺にしがみついてきた。

——伏せてください
言われるがままに伏せると、耳元でカチッと音がして、俺たちの上にさっと麻布が広がるのが見えた。おい、これは…………ジェスに謀《はか》られた。

麻布が俺たちをギリギリ覆い隠す。サラサラと音がして、透けていた光がほとんど見えなくなった。シエルタの暗闇の中に、ジェスと二人で押し込まれている。すし詰めという言葉があるが、まさにその通り。俺とジェスは身体《からだ》を密着させて、ほとんど身動きの余地がない体勢で、岩に擬態したシエルタの中に収まっている。

ギイィィィィン！　ギイィィィィン！

少し離れたところで、「狼起《おおかみお》こし」が人間には聞こえない爆音をいまだ鳴らし続けている。

イェスマ狩りの様子は、もう分からない。

〈馬鹿、これじゃあ俺が、敵の注意を逸《そ》らせないじゃないか。見つかったらどうする〉

焦《あせ》って伝えると、ジェスが俺を痛いほど強く抱きしめてくる。

——馬鹿なのは豚さんです。もし私が一人でシエルタに入っていたら、オオカミが来たとき、

豚さんはどうするつもりだったんですか
どうするって……その場のノリでやり過ごすしかないだろうが。

反論する言葉を探している折、すぐそばから、ガウガウという複数の鳴き声と、いくつもの足が地面を蹴る音が聞こえてきた。音は近くで止まった。

「オオカミだ！　退《ひ》け！」

男の叫ぶ声が聞こえた。バウバウと吠《ほ》える音がすぐそばで発せられている。肉食獣の獣臭さが、シエルタと地面の隙間からわずかに漂ってくる。「狼《おおかみ》起《お》こし」の効果が発揮され、オオカミの群れが集まってきたのだ。これはもう、祈ってやり過ごすしかない。

せめてと思い、アンクレットの力でシエルタの周囲をできるだけ沼地にしておく。

オオカミたちが立ち去る気配は、まだない。

──見てください、豚さんが外にいたら、どうなっていたことか
ジェスの腕は、怪我《けが》をしているはずなのに、依然として俺のことを抱きしめたままだ。

〈そうだな、恩に着る〉

そう伝えてから、しかしモヤモヤが収まらなくて、付け加える。

〈だが結果論だ。オオカミたちがすぐ来るとは限らなかった。俺はジェスに、一人で隠れているよう言ったはずだ。そうすれば、俺が男たちやオオカミの注意を逸《そ》らして、少なくともジェス一人だけは確実に助けられる算段だったからだ。ジェスは今の判断で、その作戦をふいにし

たんだぞ。俺やノットが死ぬ気で守ろうとしてきたお前の命を、危険にさらしたんだ〉
——私なんてどうでもいいんです。豚さんさえ、生きてくだされば……
何度言っても通じない。いい加減、少し腹が立った。
〈なあジェス、本当は死にたくないんだろ。王都に辿《たど》り着《つ》きたいんだろ。だったら素直にそう言ってくれよ。もっと自分のことを大切にしろ〉
言葉は返ってこない。
〈何がジェスをそこまで献身的にするのか知らないが、そんなんじゃ生きていけないぞ。お前はもっと、わがままになったっていいんだ〉
ジェスは震えるように首を振る。
——私はもう十分、わがままです
〈そんなことはない。今までどんなわがままを言ったっていうんだ〉
——豚さんに死んでほしくないという、わがままです
ジェスが必要以上に、俺に身体《からだ》を寄せてくる。俺の腹に柔らかい胸が押し付けられる。俺の首に濡《ぬ》れた顔が触る。俺たちは血塗《ちまみ》れで、岩の中で、丸まって震えている。
言葉が出ない。頭を撫《な》でてやりたいと思ったが、豚の関節はそういうふうにできていない。
——お気持ちだけで、十分嬉《うれ》しいです
ジェスの声が脳内に伝わる。地の文を読むな、と思った。

けたたましかった「狼起《おおかみお》こし」の音は、いつの間にか止《や》んでいた。どこか遠く離れたところから親近感のある遠吠《とおぼ》えが響き、オオカミたちが去っていくのが分かった。

俺とジェスはシエルタを脱出し、現場から離れようととにかく歩いた。もうこれ以上、つらい目に遭わないように祈りながら。

〈血は止まったか〉

――はい、なんとか
ジェスは右肩を布で巻いていた。布の折り目のところどころに、血が滲《にじ》み出《だ》している。

俺の後ろ脚も、ジェスが矢を抜いて布を巻いてくれた。こちらは脚を動かすたびに、血の染《し》みた布がジュクジュクと鳴る。

次に目を付けられたら、いよいよ本当におしまいだ。いや、目を付けられなくても、俺たちの体力はもう半日ともたないだろう。夜のうちにオオカミに襲われる可能性だってある。

――あの、豚さん
〈どうした〉

――私、こんなに誰かに近くにいていただいたこと、初めてでした
ジェットコースターが急降下するような感覚で、俺の心臓がきゅっと縮まった。

〈やめろ、死亡フラグを立てるな〉

──本当に、幸せだったんです。それだけは、お伝えしたくて

ふっと視界が開ける。隣を歩いていたジェスが、木の根に躓《つまず》いたのだ。慌てて立ち止まる。

〈……もう、進んでもきりがないな。一旦、この辺りで休もう〉

そう伝え、すぐそばの木の根元にジェスを座らせる。俺はすぐ隣に伏せた。後ろ脚に巻いた布から、血が垂れていくのを感じる。風が冷たい。息が苦しい。

──豚さんは、どうですか？

〈何がだ〉

──豚さんは今、幸せですか？

ジェスのきれいな茶色い瞳が、俺を見ていた。その目はもう、終わりを見据えていた。

〈いや、幸せじゃないな〉

ジェスの悲しげな表情は、口を半開きにしたまま固まった。

〈俺はまだ、諦めてない。目の前にもっと大きな幸せが待っていると思うと、これまでの自分が幸せだったなんて、どうしても思えないんだよ〉

──そうですか……豚さんらしいですね

〈まあ、もしここで死んだとしても、後悔はないけどな。美少女に胸を押し付けられる経験なんて、普通に生きてたら絶対になかっただろうし〉

ジェスの左手が、胸元に当てられる。その傷だらけの指が生地を握り――

〈待て、童貞ジョークだ。真に受けるな〉

ジェスから目を逸《そ》らす。そのとき、目の前でカサリと音がした。

〈何かいる〉

そう伝えて、暗闇に目を凝らす。黒い何かが、大きく揺れている。

ヘックリポンだ。

黒い毛皮が白い月光に照らされて、その輪郭を浮かび上がらせる。絶えず左右に揺れる胴体。空中に鋲《びょう》で留められたかのごとく動かない、コウモリのような禿《は》げた頭部。大きな一対の黒目。何もしないと言われても生理的に恐怖を覚えてしまう、化け物だ。

ヘックリポンはこちらを凝視したまま、大げさな振り子のように胴体を揺らしている。

〈本当に、害はないんだよな〉

俺が確認すると、ジェスは俺の背中に手を置いた。

――ええ、ヘックリポンは、何もしません

一瞬で跳びかかることができそうな距離から俺たちを見つめたまま、不気味に身体《からだ》を揺らし続ける獣。ノットが目の敵にしていた獣。俺のいた世界では見たことがない、化け物。

……ん？

頭の中で、あらゆるピースの繋《つな》がっていく音がした。分かった。分かったぞ。そうだ。そういうことに違いない。これはまるで、異世界から来た俺のために用意されたような謎だ。
〈なあジェス、ヘックリポンは何もしないって、そうお前は思ってるわけだよな〉
――ええ、そうですね
〈だが実際、ヘックリポンはあることをしている〉
――揺れています
〈それだけじゃない。みんなそちらに気を取られていて、本質に気付いていないんだ。ほら、ヘックリポンは、俺たちを見ているじゃないか〉
――確かに、その通りです
〈ヘックリポンは暗黒時代が終わってから急に現れ始めたって、そう言ってたよな〉
――はい
〈あのなジェス、俺の故郷にも、このメステリアにいるのと同じ動物たちが棲《す》んでるんだ。だがヘックリポンだけはいない〉
　諸君には、この意味が分かるだろうか。
〈生き物たちは、食う食われる、騙《だま》す騙《だま》されるの複雑な相互作用を及ぼし合いながら暮らしている。それが生態系というものだ。だから、ヘックリポンが自然にいる生態系っていうのは、絶対に俺の知っている生態系と同じではあり得ないはずなんだ〉
――言われてみれば……ヘックリポンだけ豚さんの故郷にいなかったというのは、ちょっと、

おかしな話ですね

〈するとある結論に至る。ヘックリポンは、暗黒時代の周辺で、生態系の外からもち込まれたものなんだ。もっと言えば、魔法使いによって創られたものだ。こんな生き物を創ることができるのは、魔法使いくらいだろう〉

――そうだとしたら、何のために……

〈ヘックリポンが何をしているか考えてくれ。俺たちを見てるんだろ。つまり、監視だ。バップサスの修道院を思い出してほしい。石造りの建物があれほど派手に燃えるなんておかしいだろ。だが、ヘックリポンを使った監視によってイェスマを匿《かくま》っていることがバレて、魔法によって建物が燃やされたとしたらどうだ〉

ジェスの手が、俺の肩ロースの上で震える。

〈火事のしばらく前から、修道院の周辺にヘックリポンが頻繁に現れるようになった、そうセレスは言っていた〉

――監視を強化するためですか

〈そうだろう。イェスマの扱いについての掟《おきて》に、こんなのがあったな。「イェスマを乗り物に乗せてはならない」――王朝がそう決めたんだろ？　王朝は、イェスマが監視から逃れるのを恐れているように思えないか。一六を超えたら王都に来るか死ぬかしないと困る。だからイェスマを匿《かくま》う修道院を燃やして罰を与えた。勝手に遠くへ移動されると困る。だから乗り物に乗

ることを禁じた〉

　納得したのだろう、ジェスは動かなかった。

――でも私たち、悪いことなんて何もしません……

　そんなことは知っている。だが、世の中がそうなっているのだ。ある理由によって。

　そして、ブレースが昨晩、俺に教えてくれた手掛かり。

　王に訴えよ。

　ブレースの言葉が蘇《よみがえ》る。

――北部の一部地域では、そんな噂《うわさ》が流れています。イェスマが王都に入る方法は一つ、「王に訴える」ことだ、と
　どうやって王に訴えるのか。実際に叫んでも、届くことはなかった。ではどうする？

　まるで脱出ゲームみたいな方法だが、おそらくこれで、間違いはないだろう。せっかくだ。訴えるだけじゃなくて、脅迫してやるか。オーバーキルで、この旅路を終えてやる。

〈ジェス、ヘックリポンに向かって言え。「王都へ入れてください。イェスマの正体についてお話ししたいことがあります」、と〉

　ジェスは俺を見て、ゆっくり頷《うなず》いた。俺も頷《うなず》き返《かえ》す。

　大きく息を吸うジェス。震える声で、俺の言葉を復唱した。心で聞いても耳で聞いても、素晴らしく美しい声だと思った。

ヘックリポンは相変わらず、こちらを凝視したまま揺れ続けている。期待が外れたか……。

そう思った、次の瞬間だった。ガラガラガラ、と近くで崖の崩れる音がした。

俺とジェスは、互いに顔を見合わせた。

〈行くぞ〉

「はい！」

俺たち二人はやっとのことで立ち上がり、音のした方へがむしゃらに歩く。空がうっすら明るくなっているのに気付いた。薄明の空の下、冷酷にそびえ立っていた岩壁に、大きな穴が開いているのが見える。ひたすらに歩く。近づくにつれ、穴の中が上りの階段になっているのが分かってきた。横目でジェスを見る。一心不乱に入り口を目指している。何も思いを交わさなくたって、俺たちの心は一つだ。フラフラになりながら、辿《たど》り着《つ》く。

穴に入って、階段の上方に目を凝らす。

奥から、金髪を長く伸ばした女性が下りてきた。ハリウッドの女優が着ていそうな、白いガウンを羽織っている。三〇くらいだろうか。成熟した端整な顔立ちだ。

女性は数段を残して立ち止まり、微笑《ほほえ》んで口を開く。

「よくここまで頑張りましたね、ジェス。どうぞ入ってください、賢い豚さんと一緒に」

優しい声を聞き、安心感から気が抜けて脚ががくりと折れてしまう。遂《つい》に。

開いていた入り口は、動画を巻き戻しているかのように、周囲の石が集まって埋め戻された。

先に続く狭い石の階段は、ランタンの暖かい光に照らされている。

女性が思い出したように、そっとジェスの肩に触れる。ジェスの肩を縛っていた布が光とともに消えて、傷がたちまち癒えた。女性は続いて俺の尻を触った。しかしもちろん、痴女ではない。俺は後ろ脚の痛みが溶けてなくなるのを感じた。

助かった。それだけでもう、胸がいっぱいになった。


案内されたのは、岩の中に造られた豪華な部屋だった。他には誰もいない。

お目覚めになった頃迎えに来ますと言ったきり、女性はどこかへ去っていった。

血だらけ、泥だらけの俺たちは、贅沢《ぜいたく》な広い個室にポツンと残された。今まで泊まった旅籠《はたご》とは全く違う、一流の古城ホテルのような雰囲気だ。

ジェスはフラフラと、革張りの椅子に腰掛ける。

「疲れましたね……」

〈ああ、クタクタだ〉

「寝具を汚してはいけません。身体《からだ》を洗ってから寝ましょうか」

〈そうだな。俺たち、ひどい身なりだ〉

「ブラッシングして差し上げます。お呼びしたら来てくださいね」

〈……そうか、助かる〉

俺は何も考えずに返答した。

ジェスは先に浴室へ入っていった。しばらくすると、ジャージャーと水の流れる音が聞こえてくる。魔法使いの住む山だ。お湯くらい出るよな。

「豚さん、お入りください」

呼ばれて、声の方へ行く。きちんと脱衣所があり、その奥の大きな扉が開いている。浴室だ。浴室は温かい湯気で満たされており、明るいパステルカラーのタイル張り。大きな浴槽と、さらさらと湯の流れ落ちる滝のようなものがある。

ジェスはそこに、裸で立っていた。

反射的に目をつぶる。

〈すまん……ほんの一瞬だけ、見てしまった……〉

「いいんですよ。裸はここぞというときまで取っておけと言っていたのは、豚さんじゃないですか。目を開けて、よく見てください」

優しい声に促されて、俺は瞼《まぶた》をゆっくりもち上げる。

ただただ、美しいと思った。控えめで芸術的な曲線。白く柔らかい肌は、湯気の中に溶けてしまいそうだ。

ジェスは俺を手招きする。

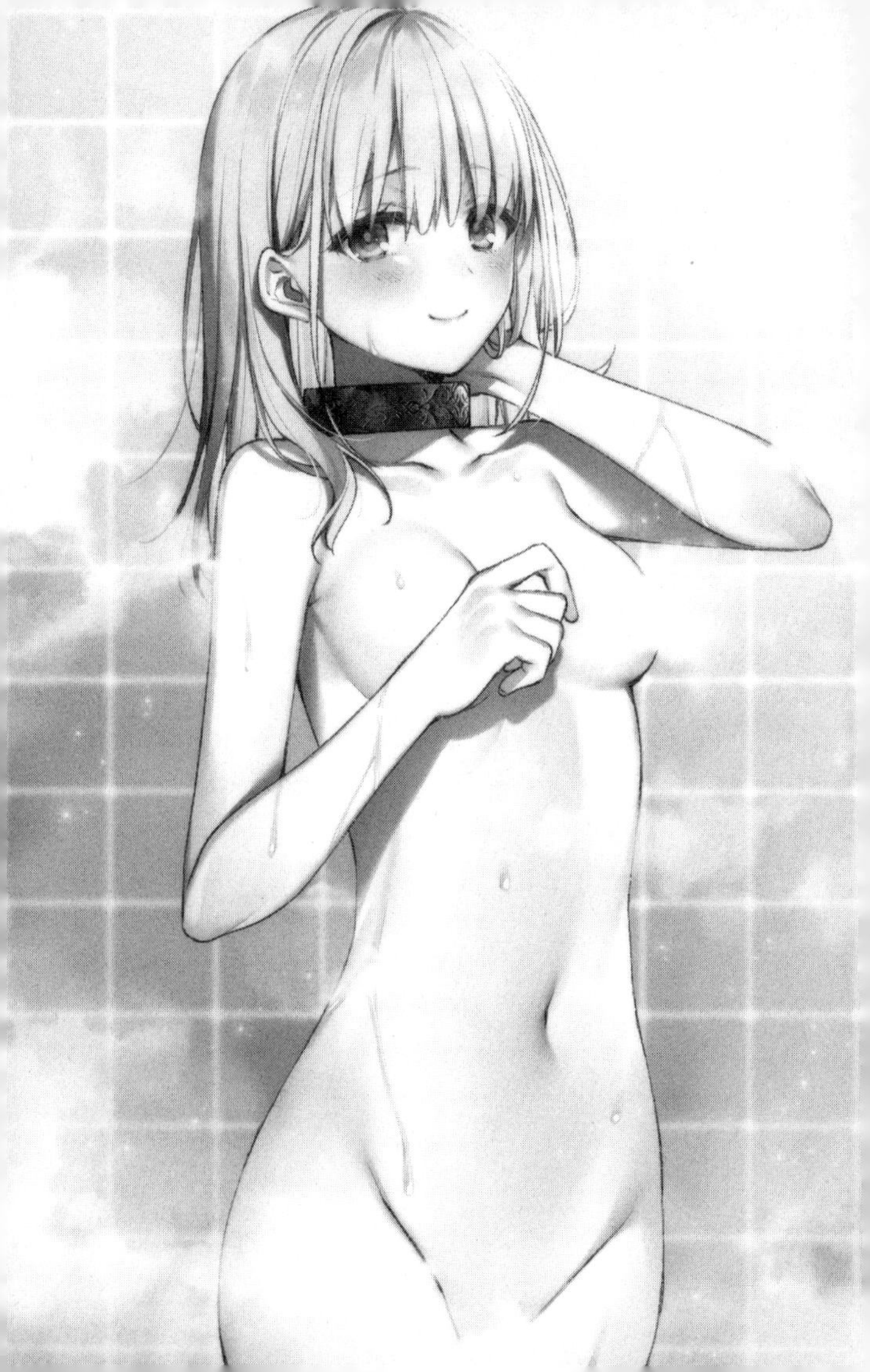

「王様に失礼のないように、きちんと洗いますからね。その間、目を逸《そ》らしちゃダメですよ」

頭が働かない。ぼーっとしたまま、されるがままにブラッシングをしてもらう。至近距離で見る少女の身体《からだ》は、むしろ幻想のようで、現実味がなかった。

ジェスの手が背中を撫《な》でるのを感じる。すぐ目の前で小さく揺れるそれらから、俺は意図的に目の焦点をずらす。

「ちゃんと見なきゃダメです。私に今できるお礼なんて、これくらいなんですから」

読まれてしまった。逃げ場がない。

〈そんなこと言うなよ、まるで俺が変態豚野郎みたいじゃないか。言っておくが、ナデナデとかお喋《しゃべ》りとか、そういう健全なことの方が、俺にとってはご褒美《ほうび》なんだからな〉

「それだって今、しているじゃないですか。私なりに考えた、全力のお礼です。受け取ってください」

〈そうか……それなら、受け取るしかないな〉

ジェスは笑った。その笑顔が何より、俺にとってのご褒美《ほうび》なのかもしれない。

ジェスは俺を見て、さらに口角を上げる。

〈無理に笑うな。自然に笑っているときが、一番魅力的だ〉

「そうですか、自然に……」

ジェスは口角を上げていた表情筋を緩めて、俺の目を見る。

「これなら、どうですか？」

〈まあ、自然だな〉

「そうですか、よかったです。実は私、自然に笑うということが、まだよく分からなくて」

〈……どういう意味だ？〉

ジェスは俺の腹をゴシゴシとこする。

「小間使いというのは、とても孤独なお仕事です。笑顔はいつも、誰かに向けるためのものでした。なかなか、おのずから出るものではありません」

ハッとして、ジェスのこれまでの笑顔を思い返す。

「それも、豚さんとお会いする前の話ですけどね。豚さんは私を、たくさん笑わせてくれましたから」

〈……なんだ、それならよかった〉

「豚さんがキリンスさんにダンスを披露したときなどは、声が出てしまいそうになり、慌てて息を止めたほどです」

〈やめてくれ、あれは黒歴史だ〉

ジェスはまた笑う。

「ご希望であれば、私が豚さんを躾《しつ》けて、ダンスを教えて差し上げてもいいですよ」

え、躾《しつ》けてもらえるの？　ブヒ！

〈人間に戻ったら、一緒に踊って教えてくれ〉

カッコつけて伝えるが、地の文に本音を書いてしまったせいで台無しだ。

ジェスはふと手を止め、こちらをまっすぐに見る。

「では、人間の状態で、私が躾《しつ》けて差し上げるのはいかがでしょう」

……………？

「あ、あの、冗談です……」

〈なんだ、びっくりさせるな〉

一瞬、場面を想像してしまったじゃないか。

人間に戻るのは、楽しみではある。しかし本当に戻れるのか、王は俺たちをどうするつもりなのか、不安は尽きることがない。

ジェスも同じなのか、少し緊張を滲《にじ》ませた面持ちで、俺のブラッシングを続ける。

「豚さん」

俺の顎の下を洗いながら、耳元でジェスが囁《ささや》いた。

「明日どのようなことになろうとも、私は豚さんと旅ができて幸せでした」

〈そんな……〉

何を言えばいいのかも分からずにいると、ジェスの唇が、俺の鼻の脇にそっと触れた。

「豚さん、ありがとう」

フカフカのベッドでぐっすり寝てしまった俺たちは、迎え入れてくれた女性に起こされた。日の高さから、昼頃だと分かる。女性はジェスが身だしなみを整えるのを手伝ってくれて、それから俺たちを「上」へ案内してくれた。

大きな箱状の部屋に入ると、その部屋がエレベーターのように動いて、俺たちを重力とは反対方向へ運ぶ。

〈あの、すみません。そこのきれいなお姉さん〉

俺が念じると、案内の女性はこちらを振り向いて微笑《ほほえ》む。

「はい、何でしょう」

女性の首を確認する。ジェスと違って、銀の首輪はついていない。

〈あなたは僕の考えを読めるみたいですね。雰囲気にもどこか、親近感を覚えます。あなたはイェスマなんですか？〉

女性は意味ありげに口角を上げる。

「いい線、いっていると思いますよ」

それを聞いて、俺とジェスは顔を見合わせる。ジェスにもこの意味は分かるだろう。もし彼女がイェスマだったならば、ジェスが今後、彼女のようにして立派に生き永らえる可能性が高いのだ。首輪も外してもらえそうだ。

箱が到着した先は、あまりにも広いホールだった。天井は何十メートルも上にあり、遥《はる》か上方で巨大なアーチになっている。天井には大勢の人々が描かれたフレスコ画。壁際《かべぎわ》には白い巨大な彫刻が並んでおり、男性の肉体美や女性の曲線美を強調するポーズをとっている。ホールの中央には、一〇脚以上の肘掛け椅子が並ぶ豪勢な円卓があった。紫のローブをまとった老人が一人と、質素な出で立《い》ち《た》の若者が一人、それぞれ時計の一二時と三時にあたる席に座っている。俺たちは円卓まで案内された。近づいてみて、やたら大きく座面の高い椅子があることに気付く。

「掛けたまえ。ヴィースもそこに」

老人の声がした。円卓のせいで俺からは座っている二人の脚しか見えなかったが、突然俺の身体《からだ》が浮かんで、大きな椅子の上にふわりと着地させられる。

円卓の上にはパンやらハムやら野菜やら果物やらが盛られており、二人はもぐもぐと食事をしているところだった。

ヴィースと呼ばれた案内役の女性は、時計で言えば九時にあたる席に着いた。俺とジェスは六時と七時。

「食べなさい。腹が減ったろう。ジェスは豚の分も取り分けてやるとよい」

老人は右頬の中にパンを詰めたまま言う。優雅にカールする白髪と長い髭《ひげ》が目立つ、賢そうな老人だ。若者はかなりきつくカールした金髪で、眉が濃く、彫刻のように彫りが深い。野菜を黙々と食べている。

ジェスは自信のなさそうな声でお礼を言うと、用意された皿に、控えめに食事を取り分ける。偉大なる王との面会を覚悟していたので、宝石だらけの王冠をかぶって長い杖《つえ》を持ち玉座にふんぞり返った男の前で絨毯《じゅうたん》の上にひれ伏すものだと思っていたが、どうやら俺たちは、食事に招待されたらしい。

「不満であれば玉座にふんぞり返ってやってもよいが、この方が話しやすいだろう」

老人が言った。

地の文を！　読まれた！

〈申し訳ありません。失礼なことを〉

「気にするな、若者よ。魔法使いが心を読めるということは、あまり知られておらんからな」

「……すると、あなた方が魔法使いなのですか？」

まだ食事に手を付けていないジェスが訊《き》くと、老人は頷《うなず》いた。

「いかにも。私が王だ。名はイーヴィスと言う。こっちにおるのが孫のシュラヴィスだ。無愛想で申し訳ない」

シュラヴィスは草を食いながら、こちらを見て少し首を揺らす。挨拶のつもりだろう。俺も頷《うなず》き返《かえ》す。

「さて、ジェスには私たちに頼みたいことがあるようだ。遠慮なく申してみよ」

ジュースを控えめに飲んでいたジェスは、慌ててグラスを置く。

「はいっ！　えっと、その……豚さんを、人間に戻してほしいのです」

自分の処遇より俺のことを考える。本当に、優しい奴《やつ》だと思う。

イーヴィスはパンでいっぱいの口を笑わせ、口の中のものを呑《の》み込《こ》む。

「よいだろう。難しくないことだ。ただし、条件がある」

ジェスは緊張した様子で頷《うなず》く。どんな条件が提示されるのか、俺もハラハラだ。

「今ここで、一つ約束をしてほしい。豚になったこの若者を元に戻す手段が何であれ、その遂行を見届けると、ジェスに約束してほしいのだ」

そんなことか、と肩ロースの力が抜ける。だがそれをわざわざ契約とすることに、一抹の怪しさを感じた。ここはまず――

「もちろんです！」

ジェスが張り切って言う。

「そうか。それはよい。約束は約束だ。きちんと守ってもらおう」

約束してしまった。まあ、悪いようにはならないだろう。

ヴィースが俺とジェスに複雑な視線を投げかける。どこか、憐《あわ》れんでいるようにも見えた。

「では、戻していただけるのですね？」

ジェスの目が輝く。

イーヴィスは頷《うなず》いた。

「今すぐにでも戻せるが……そうだな、今日の日が暮れるまでに遂行するとしよう」

なぜ期限を設定する？　ジェスがためらうとでも思っているのか……？

イーヴィスは俺を見て、意味深長な笑みを浮かべた。

ジェスが前のめりになる。

「魔法で、戻していただけるのですね？」

「そうではない」

しばらく無言の時間が続いた。シュラヴィスは相変わらず草を食い続けている。

「では……どうすれば、豚さんは人間に戻るのですか？」

イーヴィスはジェスをまっすぐに見る。

「簡単なことだ、ジェス。お前の想《おも》い人《びと》を元に戻したければ、その豚を殺せばよい」

ジェスの顔が凍る。俺も凍る。

「……あの、それで本当に、豚さんは人間に戻るのでしょうか」

「間違いない。豚を殺せば、若者の意識は元の世界に戻る」

「元の……世界……」

「どうしてそうなったかは、ジェスから打ち明けてやるのがよいと思うが……この若者の意識は、世界の狭間《はざま》をさまよっておる間に、強力な魔法によって引き寄せられて、この世界におる一匹の豚に宿ってしまったのだ。若者の身体《からだ》は、まだ元の世界で眠っておる。この豚を殺せば、若者の意識は元の身体《からだ》へ戻っていくのだよ」

「では、豚さんは……」

「そうだ、もうこの世界にはおられなくなる」

脳にぽっかりと穴が開いてしまった気持ちだった。ジェスとの別れが、日暮れとともに迫ってくる。その事実だけが俺を埋め尽くしていた。

「約束は約束だ。酷と思うかもしれないが、それが唯一の正しい道なのだ。異界の者をこの世に留《とど》めておくと、いつ我々の築いた国が脅《おびや》かされるかも分からぬ。また、意識をこちらに留《とど》めておけば、やがてその若者の身体《からだ》は死ぬ。若者は、元の世界へ戻れなくなる」

ジェスの目には、うっすらと涙が溜《た》まっていた。

イーヴィスはジェスをまっすぐに見ながら続ける。

「それに、想《おも》い人《びと》がこの世界に存在し続けるようでは、そなたのような優秀な魔法使いを、ここにおるシュラヴィスに嫁がせることができなくなってしまうのだよ」

絶望の中で、聞こえてきた——すべてのピースの、完全に繋《つな》がる音が。

「魔法使い……？」

ジェスは魔法使い呼ばわりされたことに驚愕《きょうがく》している様子だった。しかし俺は、むしろ納得していた。イェスマという存在がただならぬものであることは、俺にも分かっていた。王都直前でヘックリポンと対面したときジェスに喋《しゃべ》らせた内容も、これを意識してのものだ。

イェスマの正体は魔法使いである。

そう考えると、諸々《もろもろ》の事象にきれいに説明がつく。

イーヴィスが言う。

「いかにも。そなたは恵まれた、非常に優秀な魔法使いのようだ。無論まだ今の段階では、一般的にイェスマと呼ばれる状態だがね」

イーヴィスがすっと、右手をジェスに向ける。湖の色のスカーフがはらりとほどけ、見えない手に折り畳まれてテーブルへ置かれる。イーヴィスが手を少し上げると、カキンと音がして、銀の首輪が左右二つに割れる。割れた首輪は、宙を滑ってイーヴィスの手元まで運ばれた。

「どうだ。これでジェスは、イェスマではなくなった」

ジェスは目に涙を残したまま、何も理解できない様子で固まっている。

〈恐縮ですが、一つお願いがあります〉

俺の呼びかけに、イーヴィスは頷《うなず》く。

「そなたには申し訳なく思っておる。何でも申せ」

〈人間に戻る方法を教えていただき、感謝しております。甘んじて、王様の判断に従う覚悟です〉

ジェスが驚きの目で俺を見る。すまん。俺だって……。

〈しかし、いまだに納得できないことが残っています。もしよろしければ、私とジェスに、理由を話していただきたいのです。この国に、「イェスマ」という「身分」が存在しなければならない理由を〉

シュラヴィスは草を食う手を止め、意外そうな顔で俺を見る。

イーヴィスは腕を組み、しばらく考える。

「……この話は、多くの者が知っていることではない。しかしそなたの頭を覗《のぞ》く限り、ほぼ正解にまで至ってしまっているようだ。となれば、ジェスに伝わるのも時間の問題か。よいだろう。そなたには餞別《せんべつ》として、ジェスには信頼の証《あかし》として、真実を伝えようではないか」

〈感謝します〉

イーヴィスは威厳ある態度で座り直す。テーブルに手をかざすと、彼の使っていた皿がきれいに重ねられ、脇に寄せられる。

「ジェス、甘いものの方がよいかね？　全然食べておらんではないか。紅茶も入れてやろう。しっかり食べなさい」

テーブルの真ん中から、デニッシュのような、甘そうなパンの載った皿がジェスの方へ送られる。ティーポットから湯気が立ち、香り高い澄んだ琥珀色《こはくいろ》の液体が四つのカップへ注がれる。様々なハーブの混じった高貴な香りが漂ってきた。ハーブティーだろうか。カップは四人の人間のところへ供された。すべて、イーヴィスの見えない手によって行われる。逆らうことのできない絶大な力を、俺はひしひしと感じていた。

「さあ若者よ。問うがよい。何から訊《き》きたい？」

〈私はイェスマという「種族」について、数日の間に聞いたことしか知りません。銀の首輪をしていること。小間使いをしていること。目や耳に頼らず心を通わせることができること。黒のリスタを使って奇跡を起こすことができること。働ける年齢になるとどこからかやってきて、一六歳になると命懸けで王都へ出向しなければならないこと。女しかいないこと。そして、「乗り物に乗せてはならない」、「犯してはならない」という決まりがあること〉

「要点を的確に理解しておるようだ」

〈これらすべてには、理由がある。あなたたちにとって意味がある。そうですね？〉

「私たちにとってと言うと語弊があるが……意味があることには間違いがないだろう」

〈イェスマは、魔法使いという種族を保持するためのシステムではないのですか〉

イーヴィスは真剣な眼差《まなざ》しで俺を見る。

「説明のために質問を返すことを許しておくれ。そなたは、魔法使いがここまで衰退した原因は何だと思う？」

ジェス、ヴィース、シュラヴィスが見守る中、俺は伝える。

〈大きすぎる力と、その攻撃性ゆえだと思います〉

「概《おおむ》ね同じ見解のようだ。生身の身体《からだ》に似合わぬ魔力と、過剰な自己中心性。魔法使いはこの二つのせいで、際限なく互いに殺し合うようになり、暗黒時代を招いた。私はそう思っておる。そしてその二つを封じるのが、イェスマがしておるこの銀の首輪というわけだ」

イーヴィスは二つに割れた首輪を手で持ってみせる。

〈銀の首輪は、魔法使いが作り出したものですね。魔法使いの魔力を封じるために、それだけ大きな魔力が込められている。だからこそ、イェスマの首輪は高く売れるわけです〉

ジェスが口に手を当てる。

イーヴィスは頷《うなず》いた。

「そうだ。魔法使いは増え過ぎた。そのせいで殺し合うようになり、攻撃性の高い者ばかりが残った。だから偉大な先祖、ヴァティス様が、自分以外の生き残った魔法使いに首輪をつけて、その魔力を封印したのだ。心の力と、祈りの力だけを残し、彼らは無力化された。暗黒時代は、そうして終わりを告げた」

心を通わせたり、黒のリスタを使ったりするイェスマ特有の能力は、魔法使いである痕跡だったということだろう。

〈ではどうして、首輪をつけられた魔法使いたちは、奴隷扱いされるまでになったのでしょ

う〉

「予想外の成果があったのだ」

〈予想外の……成果？〉

「そう。首輪をした者は、魔力と同時に自己中心性も封じられた。その者たちは、奴隷のような扱いを受けても、差別されても、全く反抗しなくなったのだ」

〈だからって、こんな不当な扱いをしていいことになるのでしょうか〉

差別され、奴隷のように働き、感謝もされず、しまいには殺されて骨まで売られる。健気《けなげ》で純真な少女たちを思って、俺は怒りに震えてきた。

イーヴィスはしばらく目を閉じる。目を開けると、イーヴィスは言った。

「そなたの社会でも同じであろう。人間がおる限り、皺《しわ》は必ずどこかに寄るのだ。首輪をつけた魔法使い、魔力を封じられた従順な者たちをイェスマという種族にしてしまい、彼らを奴隷として不合理の捌《は》け口《ぐち》にしてしまえば、社会は安定する。イェスマの奴隷化を進めるうちに、それが真であると分かってきたのだ」

イーヴィスは割れた首輪を掲げる。

「銀の首輪は、イェスマ自身の魔力を使ってその効果を持続させておる。つまり魔力のない者につけても効果がない。永続的に自己中心性を封じることができる対象は、魔法使いだけだった。これは魔法使いの多様な血統をひそかに存続させながら、その潜在的な価値を社会の維持に役立てる、実に画期的な装置ということだ」

〈でも、今の仕組みはやりすぎだと思いませんか。なぜ一六になったイェスマは、死の危険を冒して出向しなければならないのですか〉

「数を制限するためだ。社会の維持が可能となるイェスマの数は、魔法使いの数としては多すぎる。だから、王都へ辿《たど》り着《つ》けるような優秀なイェスマだけを生き残らせ、イェスマの母となってもらうか、我々の血筋に迎え入れるかするようになっておるわけだ」

〈イェスマに女しかいないのも、数を制限するためですか〉

「その通り。魔力を封じておるとはいえ、子ができれば魔法使いが生まれてしまう。そこで、いつ子をつくるか分からぬ男子は生まれる前に堕胎させ、生まれた女子には首輪をはめる。女子は徹底的に管理して、我々の知らぬところで魔力をもつ子の生まれることがないようにしておるというわけだ。そうやって管理をしながら、育成し、社会に出し、優秀な者にだけ帰りを許す。こうした生活環が、ヴァティス様の望んだ魔法族の保持と社会の安定に不可欠であったということだよ」

ヘックリポンによる執拗《しつよう》な監視。乗り物に乗ることを禁じる法。犯すこと——つまり子を産ませることを禁じる法。すべて、魔法使いの血を残しながら社会を安定化させるための決まりだったのだ。残酷だが、理にかなっている。少女たちの涙を無視すれば、それも正しい判断だと言えるのだろう。

〈最後の質問です。イェスマやリスタを流通させることで成り立っているこの社会が、いつまでも続くとお思いですか？〉

ヴィースとシュラヴィスは、目を丸くしてこちらを見る。

イーヴィスは声を出して笑った。その威厳ある笑い声は、逆《さか》らい難《にく》い響きを含んでいた。

「決まっておろう。社会など、いつかは崩れる。しかし私は、今が暗黒時代よりもまともな時代であるということは確信しておる。私は、少なくとも私の治世においては、この世の中を変えるつもりはない。そして、変えようとする者には全力で抗《あらが》ってみせるだろう」

それを聞いて、俺にこの世の中を変える余地はないと思った。

この社会でジェスが幸せになる方法は、一つしかないのだ。

そして俺は、自分の想《おも》いを最後まで隠し通さなければならないのだ。

日暮れまでは自由にしていいとのことだった。俺の帰還が日没に間に合うよう、その半時前までに「金の聖堂」へ来るよう命じられた。

イーヴィスは俺が逃げないということを知っているのだろう。寛大な態度で、ジェスに王都内の詳細な地図を渡してくれた。

高いところからメステリアを見てみたい、というジェスの要望に応えて、俺とジェスはまず、王都最上部の広場へ行くことにした。

ジェスは沈んだ顔をして、口数も少なくなっていた。俺もどう声――というか念を掛けたらいいのか分からず、豚のように黙ってしまった。

広場に到着した。ギリシア神話の世界のように巨大な石柱が並んで、その中にただただ広い石畳の空間が置かれていた。まるでヘリポートだ。もちろん、ここでドラゴンが発着する可能性は否定できないだろう。

ジェスは広場の端まで行って、石柱と石柱をつなぐ柵の近くにあるベンチに腰掛けた。俺はその隣にお座りした。ベンチからは遥《はる》か遠くまで見渡せる。いい天気なので見晴らしがよい。キルトリがある方角だろうか、彼方《かなた》に山脈が見える。

風が強い。ジェスは飛ばされないよう、スカーフを左手でそっと押さえていた。

〈もう首輪をしてないんだ。そのスカーフ、外してもいいんじゃないか〉

俺が伝えると、ジェスは首を振る。

「このスカーフは、身につけておきたいんです。豚さんに選んでもらったものですから」

心臓がぎゅっと絞られるような感覚がした。そういえば、ノットがこのスカーフを強制的に外させたときも、ジェスは代わりに手首に巻いていたっけ。気付きたくないことに気付いてしまった。

そりゃ、俺だって……。

〈なあジェス、あっちがキルトリか〉

　話を変える。

「そうだと思います。山の形に見覚えがありますから。……とっても、遠くですね」

〈あっという間の旅だったが、ずいぶん長いこと歩いたんだな〉

「はい。豚さんのおかげで、ここまで来られたんです」

〈そんなことはない。俺は、ジェスに簡単な助言をしただけだ〉

「違います。だって、豚さんがいなければ、私はキルトリン家のお屋敷のそばで殺されていたはずですから」

〈俺がいなければ、お前はリスタを買いに行かなくて済んだんだ。だから、殺される理由もなかった〉

　ジェスは困った顔で俺を見る。そんなことはない、とでも言いたげだった。

「……じゃあ、豚さんがいなければ、私はノットさんの同行を断っていたはずです。そうしたら、旅はあそこまで簡単ではなかったでしょう」

〈分からないぞ。俺がいなければ、ノットは執拗《しつよう》にお前を追い続けたかもしれない〉

「でも、そうじゃないかもしれません。ブレースさんを使った罠《わな》に気付いてくださったのも豚さんです。王都へ入れたのだって、豚さんがヘックリポンの正体に気付いたからです。認めてください。私は豚さんがいなければ、きっと死んでいました」

ジェスの語気が強くなる。初めてのことかもしれない。

〈そうだな。いい旅の供には、なれたみたいだ〉

ジェスは俺に感謝したがっているようだった。だが、感謝しなければならないのは俺なのだ。俺を助けて人間に戻そうとしてくれたのは、ジェスなのだから。

「本当は、そうじゃないんです」

ジェスが、風にかき消されそうな、小さな声で言った。

〈何のことだ〉

「地の文です。豚さんを人間に戻すためにご一緒したわけじゃ、ないんです」

〈……どういうことだ〉

「豚さんは疑問に思っていましたよね。豚さんにお会いする前、黒のリスタを一つ買っていたという事実——それを私が、秘密にしていた理由を」

〈確かに、そうだな〉

「私は買ったリスタを、自分勝手な願いを叶《かな》えるために使ったんです。『独りで王都への旅に出るのは怖い。誰か助けてくれる人と出会わせてほしい』——夜に独りで、そんなことを祈ったんです。そして翌朝、豚小屋にあなたが現れました」

そうだったのか。

王の言葉を思い出す。俺の意識は、世界の狭間《はざま》をさまよっている間に、強力な魔法によって引き寄せられて、この世界で一匹の豚に宿ってしまった。魔法の正体とは、ジェスの祈りの力だったのだ。

「あのとき豚さんは、人間に戻るため、私と共に王都へ行くしかなかったでしょう？　私は賢くありませんから、祈禱《きとう》のときにそこまで考えていたわけではありません。でも一緒に王都へ行くことが決まってから、気付いたんです。もし豚さんが人間だったら、豚さんには私と同行しないという選択肢もありました。でもそうじゃなかった。あなたが人間でなくて豚さんの姿になってしまったのは、私の願いがそうさせたからなんです。私はそれに気付いてからも、ずっと黙っていました。豚さんを、騙《だま》していたんです」

そんなこと、と思うが、見ると、ジェスは大粒の涙を流していた。

「ごめんなさい。豚さんは、私のせいでこんなに酷《ひど》い目に遭ってしまって……」

あまりにも純真すぎるその涙に、心に、俺はしばらく言葉が出なかった。

ようやく絞り出した言葉。

〈いいんじゃないか。自分勝手でも。星に祈る自由は誰にだってある。それに俺だって、ジェスと出会えてよかったと思ってるぞ〉

ジェスは俺の鼻面《はなづら》に顔を近づける。

「本当ですか？」

涙が俺の顔に落ちる。

〈当たり前じゃないか。ジェスに出会えて、本当によかった〉

ジェスが一度目を閉じて、それから、涙だらけの顔で俺を見つめる。

「じゃあもう一つだけ、私の願いを聞いてくれますか」

〈言ってみろ〉

「行ってほしくないです。元の世界に、戻らないでください」

………。

〈悪いが、それはできない。王との約束だ〉

「どうしてですか。豚さんはそれで、いいんですか」

決めたことだ。自分の気持ちに嘘《うそ》をついてでも、守るべきものがある。

〈聞いただろ。俺がいなくなれば、お前は王の血族になるんだ。王都に辿《たど》り着《つ》いたイェスマたちの中でも群を抜いて恵まれた、幸せな未来が待っている。そして俺だって、元の世界に帰れる。この上ないハッピーエンドじゃないか〉

「でも私は嫌です」

どうしてそうやって、俺を困らせる。

〈ジェスは知らないだろうが、俺にだって向こうの生活があったんだ。頑張って勉強して大学というところに合格して、色々と学び始めた時期だったし、楽しい友達もいた。超絶可愛《かわい》い彼女だっていたんだ〉

「彼女いない歴イコール年齢の眼鏡ヒョロガリクソ童貞さんだって言っていたじゃないですか。嘘《うそ》をつかないでください」

〈……そうだ、ちゃっかり嘘《うそ》をついた。だがお前は、そんなクソ童貞と一緒にいたいのか？〉

「いたいです。豚さんを人間にする方法だって、探せばきっとあります」

〈俺がこの世界に残ろうとしたって、王の機嫌を損ねて結果は変わらないのがオチだろう。それに、俺が人間に戻ったところで、冴《さ》えないヒョロガリ眼鏡なんだ。ノットやシュラヴィスの方がずっと男前だ。きっとがっかりするぞ〉

「がっかりなんて絶対にしません」

〈どうして最後に、そうわがままになるんだよ〉

「もっとわがままになっていいと教えてくれたのは、豚さんじゃないですか。私は嫌です。豚さんと離れたくありません」

……………。そんなこと、頼むから言わないでくれよ。俺だって、ジェスと離れたくなんてない。当然だ……こんなに好きなのだから、当然だ。

ジェスの泣き腫らした目がすっと動いて、俺の目を捉える。

「それは……本当、ですか？」

しまった。地の文に書いてしまった。最後まで隠し通そうと思っていたのに。

〈本当って、何がだ〉

すっとぼける。

「豚さんも、私のことが……好きなのですか？」

〈……聞かなかったことにしてくれ、頼む〉

「どうしてですか。豚さんも同じ思いなら、どうかお願いです。一緒にいてください」

ジェスの声は普段より高ぶって、涙に震えている。俺も豚の分際で、自分の頬を涙が流れていくのを感じた。

〈ダメだ。俺はジェスの人生の邪魔にしかならない〉

「そんなことはありません。豚さんはいつだって、私を助けてくれました。これからだって、きっとそうです」

〈助けてきたのは、当然だ。ジェスは優しくて、でも恵まれず、弱かった。俺のいた世界ではな、そんな奴《やつ》を見捨てることなんてあり得ないんだ。だが、これからのお前は違う。お前は魔法使いになり、王の血族になり、自分の力で生きていけるんだ〉

「嫌です。豚さんがいないと、私……」

目を閉じて、豚の目に溜《た》まった涙を押し出す。

〈お前はな、親身になって助けてくれる人に初めて会って、それに縋《すが》っているだけだ。そして俺は、お前が俺を必要としているということに甘えていただけだ。これは好き嫌いの話なんかじゃない〉

「違います。私は豚さんのことが好きです。ずっと一緒に、いてほしいのに……」

死にそうなくらい胸が苦しい。感情に任せて、いっそ……

いや。

〈俺だってできるなら、一緒にいたかったさ。でもそれ以上に、俺はお前に、幸せな人生を送ってほしいんだ。そしてその人生に、俺はいない方がいい〉

ずるいと知っていながらも、殺し文句を吐く。

〈俺の最後の願いだ。聞いてくれ、ジェス。王の誘いは、俺とお前で、やっとのことで摑《つか》んだチャンスなんだ。それを無駄にしないでほしい。これからは自分の力で、幸せになってくれ〉

強い風が、俺たちの間を吹き抜ける。

「それが豚さんの、本当の望みなのですか？」

〈……そうだ〉

ジェスはまだ泣いている。しかし、流れが変わったのを、俺は感じ取っていた。

しばらくの沈黙の後、ジェスはようやく口を開いた。

「分かりました。今度は私が、豚さんの願いを叶《かな》える番ですね」

ベンチから下りて地面に膝をつき、ジェスは俺を強く抱きしめた。

俺とジェスは気分を切り替えて、王都観光を楽しんだ。山を切《き》り拓《ひら》いて石造りの巨大な建造物を並べた街並みは圧巻だった。道行く人々はきれいな服を着て、みな楽しそうに見える。イェスマやそのシャビロンとして、無事王都に辿《たど》り着《つ》いた人たちだろう。男女で歩く若者もいる。身重の女性も多い。生まれてくる子のことを考えると不憫《ふびん》だが、この環境は、外よりは大分マシに違いないと思う。

ジェスがどうしてもと言うので、俺とジェスは二人並んで店で写真のようなものを撮り、小さなガラスにその像を焼き付けてもらった。ジェスはそれをネックレスにして、大切そうに首にかけた。

少女と豚。奇妙な写真だと思った。

時が来た。俺は気の進まないジェスを引き連れて、金の聖堂まで辿《たど》り着《つ》く。

食事の部屋の倍以上の大きさのホール。中央の巨大な金の玉座に、白い礼装のイーヴィスが座っていた。ステンドグラスから最後の西日が差し込んで、薄暗い堂内を照らす。花のような香りの煙が、うっすらとホールを満たしている。

「正直で勇敢な若者よ。よくぞ来てくれた」

俺とジェスはドーム天井の下まで進む。

「豚の最期《さいご》は、速やかで安らかだ。そなたの魂はすぐにでも元の世界へ戻る。私の魔法で手を下す。痛みは全くない。ちょっとした旅行だと思うとよいだろう」

やはりジェスは、泣き始めてしまった。静かな聖堂に、すすり上げる音だけが虚《むな》しく反響する。

〈最期《さいご》の瞬間、一緒にいることはできますか〉

「もちろんだ。ジェスよ、近くにいてやりなさい」

ジェスは俺を離すまいと、俺の首に抱き付いた。小さな子供のようだった。

――豚さんは、私の初めてのお友達でした
声が直接、脳に伝わってくる。この感覚ももう味わえないかと思うと、やはり寂しい。もう泣かずにいられるかと思っていたが、やはり涙が垂れてしまう。視界が涙で濁る。

――これからもずっと、豚さんのことは忘れません。だからお願いです――

〈分かってる。俺だってジェスのことは、一生忘れない〉

――本当、ですね……？

〈本当だ。忘れるはずがない〉

ジェスの嗚咽《おえつ》が堂内にこだまする。太陽が山《やま》の端《は》に沈んでいるのか、ステンドグラスの明かりがどんどん弱まっていく。

〈……幸せになれよ〉

——はい

太陽は待たない。

〈お別れだ、ジェス。達者でな〉

——豚さんも、どうかお元気で

静かな時間が流れる。イーヴィスが、ゆっくりと立ち上がった。

「さようなら」

ジェスの震える声が、耳元で聞こえた。

ゴーン、ゴーンと、鐘が鳴る。俺は最後にジェスを見ようとした。

抱き付かれているので、顔は見えない。ただ金色の髪の一本一本が見えるようだ。

目を閉じて、ジェスの体温を感じる。腕の力。頬の柔らかさ。

そして、すべての感覚がふっと宙に浮いた。

第五章

豚のレバーは加熱しろ

the story of
a man turned into
a pig.

三度目の正直ということか、俺はようやく病院のベッドで目を覚ました。窓の外で雪が降っている。生レバーに中《あ》たってから、まだそんなに経《た》っていないようだ。

周囲の喧騒《けんそう》は脳を通り抜けていき、俺はずっと魂が抜けたように天井を見つめていた。しばらくすると母親が来て、「いつまで寝てんの、しっかりしなさい」という趣旨のことを言い、さっさと手続きを済ませて帰っていった。

ようやく身体《からだ》を起こすと、点滴のチューブやら空調設備やら、この世界にはとにかく物が多いことに気付いた。近くの小机には、友人たちからの見舞いの品がある。菓子の箱を一つ手に取って、細かい字で詰め込まれた日本語をぼうっと眺める。

何日こうして寝ていたのだろうか。俺の人生のどんな期間を切り取っても、ここ数日で俺が感じてきたものを超える経験は存在し得ないだろう。

ただ喪失感だけが病室に残る。

検査を終えて、帰ってよいと俺は言われた。

帰り道は独り。どうやら世間は、クリスマスのようだった。だが非リア充の俺には関係ない。

電車の発車メロディを聞いた途端、日常に帰ってしまったという事実に全身が押し潰されそうな気分になった。気が付くと、涙を袖で拭いていた。

俺の人生は変わってしまった。

入院のせいで必須の試験を受けることができず、留年が確定した。

だが悪いことばかりではない。レバーを生で食って入院して留年したという事実を面白おかしくTwitterで呟《つぶや》いたら、炎上がてら三〇〇〇リツイート五〇〇〇いいねくらいされて、自己承認欲求を満たすことができた。

それでも喪失の痛みは癒えなかった。旅先の店や新聞の隅にすらジェスの名残を探してしまうほど、俺の心はあの世界に——メステリアに囚《とら》われていた気がする。

また、俺は恋愛ドラマを見るとすぐ泣いてしまうようになった。それがオタク友達にとても受けて、俺の交流の輪はどんどん広がっていった。友達の家でアニメ映画の円盤を見てガチ泣きしてしまった俺の様子を撮った動画は、Twitterで瞬《また》く間《ま》に五万リツイートを獲得。「普通に草」「憎めないオタク」「友達にいたら絶対おもろい」「五輪のキャスターになれそう」など俺を絶賛するリプライの嵐だった。

やはりオタクは恋する生き物ではない。オタ活をしている間に、やっぱりあれはいい夢だったんだなと自己完結するようになっていた。眼鏡ヒョロガリクソ童貞は、間違っても年下の金髪美少女と結ばれたりはしない。

しかしまあ、せめてもの供養《くよう》ということで、カクヨムというインターネット小説投稿サイトに、メステリアでの俺の冒険譚《ぼうけんたん》を小説にしてアップした。

ジェスたそとのブヒブヒな日々を格調高い端麗な文体で綴《つづ》ったその作品は、そこそこの人たちに読んでもらえて、少しは評価を得た。話ごとにコメントももらえるんだな、あれ。読んでくれた人には本当に感謝している。

まあともかく、最後に俺が伝えたいことは一つだ。

――豚のレバーは加熱しろ

痛い思いをするし、入院沙汰になるし、おかしな夢を見て人生を狂わせてしまう。つらい思いをするから、豚のレバーは絶対に加熱して食べるんだ。いいな、諸君。

何度も言うが、振りじゃないからな。豚のレバーは加熱しろ。

今でも腹が千切れるような感覚を味わうことがあるんだ。実在するかも分からない、二度と会えない少女を想《おも》って、涙が止まらなくなることがあるんだ。

そんな思いをしたくなければ、豚のレバーは加熱しろ。

お兄さんとの約束だ。

そんなある日。三月に差し掛かり、春の陽気が香ってきた頃のことだ。

Twitterのアカウントに、

——小説読みました。もしよかったらＤ Ｍ《ダイレクトメール》しませんか。内容のことで話がありますとリプライが飛んできた。プロフィールを見るに、かなりストイックなオタ活をしている社会人男性のようだった。どうしてわざわざＤ Ｍ《ダイレクトメール》で、と訝《いぶか》しみながらも、小説の感想を聞かせてもらえるかと思い、Ｄ Ｍ《ダイレクトメール》でのやり取りを始めた。

しかし、予想は外れた。その人は小説の話もそこそこに、直接会って話したいと言い始めたのだ。大切なことだから会ってくれ、パフェを奢《おご》るから、と。

普段からのオタ活のせいか、ネットで知り合った人と実際に会うことへの抵抗感はそこまでなかった。二〇〇〇円近くするという豪華なパフェの写真を送りつけられ、「欲望に忠実になりましょう」などと勧誘され、俺は結局、その人に会いに行くことになった。

待ち合わせ当日、カフェに現れたのは三人だった。連絡を取っていた男性——面長で、髭面《ひげづら》に黒いフレームの眼鏡をかけた、人のよさそうなオタクだ。機械系のエンジニアだと言っていた。次に女子大生——ショートボブで、赤いフレームの眼鏡をかけた、笑い上戸なオタクだ。そして男子高校生——色白で、度の強い眼鏡をかけた、勉強のできそうなオタクだ。

眼鏡のオタクしかいないじゃないか。

まあそれはいいのだ。巨大なパフェをつつきながら話していると、三人が俺の小説の内容にやたら詳しいことが分かってきた。いや、それどころではない。勝手に話を膨らませて、俺の知らない内容まで話し始める。

「北部が独立を宣言して王朝に反旗を――」

「イェスマ狩りの勢力が巨大化して――」

「ノットが捕らわれて闘技場に――」

俺は混乱し、途中からパフェを食べている場合ではなくなった。

そしてようやく、三人のオタクが自らをメステリアからの帰還者であると主張していることに気付いたのだ。話の中で、なぜかノットが超有名人になっているようだった。

髭《ひげ》の男性が言う。イェスマを守るためには、豚の力が必要なのだと。革命者のノットが、豚を必要としているのだと。ポカンとしながら、これが夢なのか現実なのか、はたまた狂言なのか、俺は見極められずにいた。

だが俺の首は、男性の言葉に思わず頷《うなず》いていた。男性の説明に、俺の上半身は前のめりになっていた。衝撃的な彼の誘いに、俺の手はぎゅっと握りしめられていた。熱い血液が身体《からだ》じゅうをめぐり、俺の肝臓を加熱する。

男性は真剣な顔で、こう言ったのだ。

「私たちで一緒に、メステリアへ戻りませんか」

あとがき

はじめまして、逆井卓馬《さかいたくま》と申します。こんな変わったタイトルの本を手に取ってくださりありがとうございます。「転生したらブタだった件」や「豚の肝臓をたべたい」などの売れ筋っぽいタイトルに変わることなく出版される運びとなり、とても嬉《うれ》しいです。

この小説は、第26回電撃小説大賞選考委員のみなさま、敏腕編集者の阿南《あなん》さま、ネ中イラストレーターの遠坂《とおさか》さまをはじめ様々な方のお力添えをいただき、こうしてみなさんのもとへお届けすることができました。この場を借りて心よりの御礼《おんれい》を申し上げます。

最後に少しだけ、身の上話をさせてください。

私には大好きな祖母がいます。昔はよく祖母の家に遊びに行っていました。とても優しくて、幼かった私のワガママを何でも聞いてくれました。私が就職した今でも、祖母と一緒に夕飯を食べに行くと、「会いに来てくれて本当に嬉《うれ》しいんだから」などと言いながら、私が財布を出すのをプロの手際《てぎわ》で妨害してきます。

そんな祖母は、たくさんお金を使います。具体的には言いませんが……例えば、難しくてよく分からないサービスを使わなければならないとき。新しいライフスタイルを提案されたとき。親切な店員さんが大変便利な追加オプションを勧めてきたとき。

優しい人を搾取《さくしゅ》しようとする巨大な力が、この世の中には確かにあります。私がここ――このちょっとえっちな異世界イチャラブファンタジーのあとがきになぜそのようなことを書いたのか、本編を読んでくださった方にはなんとなく理解していただけると思っています。

真面目くさったことを書いてしまいましたが、この想《おも》いが当の祖母に届くことはないでしょう。いえ、祖母はとても元気です。ただ、祖母がこのちょっとえっちな異世界イチャラブファンタジーを書店で手に取る可能性を考えたときに、どうもそれが起こり得るような気がしないのです。「『たそ』ってどういう意味なの？」と祖母に訊《き》かれたら私も困ります。

しかしせめてみなさんには、想《おも》いが伝わることを願っています。

世界はどんどん難しく、ややこしくなっていきます。悪意や強欲はその隙間で巧みに身を隠しながら、優しい人々を狙っています。チートスキルなしには、そんな世界を変えることは難しいかもしれません。でも、悪意にさらされながらも首を縦に振ってしまいがちな人たちに寄り添い、その幸せを守ってあげることくらいなら、私たちにもできると思います。

現代社会の声なき犠牲者――優しいイエスマンを救うのは、あなたかもしれないのです。

（あ、あの……2巻が出たらぜひ手に取ってみてください……あとがきでは超カッコつけたことを書きましたが、本編ではちゃんと真面目に、ちょっとえっちな異世界イチャラブファンタジーを続けていくつもりですので……何卒《なにとぞ》……）

二〇二〇年二月　逆井卓馬

本書に対するご意見、ご感想をお寄せください。

ファンレターあて先
〒102-8177　東京都千代田区富士見2-13-3
電撃文庫編集部
「逆井卓馬先生」係
「遠坂あさぎ先生」係

本書は第26回電撃小説大賞で《金賞》を受賞した『豚のレバーは加熱しろ』に加筆・修正したものです。

電撃文庫

豚《ぶた》のレバーは加熱《かねつ》しろ

逆井卓馬《さかいたくま》

2020年3月10日　初版発行

発行者　郡司 聡
発行　株式会社KADOKAWA
〒102-8177　東京都千代田区富士見2-13-3
0570-06-4008（ナビダイヤル）
装丁者　荻窪裕司（META＋MANIERA）
印刷　株式会社暁印刷
製本　株式会社暁印刷

●お問い合わせ（アスキー・メディアワークス ブランド）
https://www.kadokawa.co.jp/（「お問い合わせ」へお進みください）
※内容によっては、お答えできない場合があります。
※サポートは日本国内のみとさせていただきます。
※ Japanese text only

※定価はカバーに表示してあります。

ISBN978-4-04-913013-3　C0193　Printed in Japan

電撃文庫　https://dengekibunko.jp/

電撃文庫創刊に際して

文庫は、我が国にとどまらず、世界の書籍の流れのなかで〝小さな巨人〟としての地位を築いてきた。古今東西の名著を、廉価で手に入りやすい形で提供してきたからこそ、人は文庫を自分の師として、また青春の想い出として、語りついできたのである。

その源を、文化的にはドイツのレクラム文庫に求めるにせよ、規模の上でイギリスのペンギンブックスに求めるにせよ、いま文庫は知識人の層の多様化に従って、ますますその意義を大きくしていると言ってよい。

文庫出版の意味するものは、激動の現代のみならず将来にわたって、大きくなることはあっても、小さくなることはないだろう。

「電撃文庫」は、そのように多様化した対象に応え、歴史に耐えうる作品を収録するのはもちろん、新しい世紀を迎えるにあたって、既成の枠をこえる新鮮で強烈なアイ・オープナーたりたい。

その特異さ故に、この存在は、かつて文庫がはじめて出版世界に登場したときと、同じ戸惑いを読書人に与えるかもしれない。

しかし、〈Changing Times,Changing Publishing〉時代は変わって、出版も変わる。時を重ねるなかで、精神の糧として、心の一隅を占めるものとして、次なる文化の担い手の若者たちに確かな評価を得られると信じて、ここに「電撃文庫」を出版する。

1993年6月10日
角川歴彦